L'AMOUR AU TEMPS DES ÉLÉPHANTS

De la même auteure aux éditions Charleston :

Le Gardien de nos frères, 2018

Sans oublier, 2019

L'Île aux enfants, 2020

Dakota Song, 2021

10, place des Cinq-Martyrs-du-Lycée-Buffon
75015 Paris – France
www.editionscharleston.fr

ISBN : 978-2-36812-724-7

Maquette : Patrick Leleux PAO
En couverture, l'actrice Helen Twelvetrees portée par un éléphant

Ariane Bois

L'AMOUR AU TEMPS DES ÉLÉPHANTS

Roman

belfond

« Les chiens, ce n'est plus suffisant. Les gens ne se sont jamais sentis plus perdus, plus solitaires qu'aujourd'hui, il leur faut de la compagnie, une amitié plus puissante, plus sûre que toutes les autres que nous avions connues. Quelque chose qui puisse réellement tenir le coup. Ce qu'il nous faut, c'est les éléphants. »

Romain GARY, *Le Figaro littéraire*, mars 1968

« Ils ne pouvaient donc imaginer à quel point la défense d'une marge humaine assez grande et généreuse pour contenir même les géants pachydermes pouvait être la seule cause digne d'une civilisation. »

Romain GARY, *Les Racines du ciel*

« Les jours de blues sont derrière moi
Seuls les ciels sont bleus désormais. »

Blue Skies, Irving BERLIN,
par Joséphine Baker, 1927

À celui qui m'a fait découvrir,
entre autres, l'Afrique

PREMIÈRE PARTIE

13 septembre 1916, Erwin, Tennessee

De loin, ce n'est qu'une houle, un grondement. Mais quand on s'en approche, la foule ressemble à un organisme géant en colère. Elle bruit d'une seule poitrine, hurle à intervalles réguliers, donnant l'impression à celui qui l'observe de tanguer. Les hommes arborent leurs plus beaux chapeaux melon, les femmes paradent en tenues vives. Des enfants sont juchés sur les épaules paternelles, d'autres sautillent en piaillant. Certains ont suspendu leurs tâches quotidiennes, tels ces bouchers ceints de leurs tabliers sanguinolents ou ces boulangers blancs de farine.

Malgré la fine pluie qui tombe sans discontinuer depuis des heures, il est presque impossible de se frayer un chemin parmi la cohorte des citoyens qui piétinent le sol couvert d'une boue jaunâtre et grasse arrivant parfois jusqu'aux chevilles.

La population entière – deux mille âmes – semble s'être donné rendez-vous dans la rue principale d'Erwin, cette bourgade poussée trop vite, véritable champignonnière de constructions. Le spectacle va bientôt débuter, des petits malins cherchent à se faufiler au premier rang. Les chiens jappent, flairant l'événement exceptionnel.

Soudain, une rumeur monte de la foule.

Partis de Nolichucky Avenue, les éléphants ont emprunté Tucker Street et s'avancent désormais sur Main Street, enchaînés les uns aux autres. Mabel, la femelle aux yeux bordés de cils d'une longueur prodigieuse, ouvre solennellement la marche. Puis vient Shadrack, le vieux mâle, qui pose ses pattes avec précaution sur le sol, ébahi de croiser tant d'humains sur son chemin. Deux autres pachydermes, dont le nom s'est perdu, trottinent presque gaiement à côté de leurs cornacs. Enfin, dans un contre-jour saisissant, paraît Big Mary, la cause de cet engouement extraordinaire. C'est une éléphante d'Asie âgée de trente ans, mais contrairement à ses congénères souvent efflanqués, galeux ou malades, elle a des dimensions imposantes. Dépassant deux mètres au garrot, affichant cinq tonnes sur la balance, elle marche devant Jumbo, la star du fameux Barnum, le plus grand cirque du monde. Sa trompe oscillant au rythme de ses pas, elle avance, déroutée, nerveuse. Aujourd'hui, pas d'accessoires, ni ballons ni musique, rien qu'une procession sous la pluie, entre des colonnes de visages curieux, hostiles. Même ses entraîneurs qui cheminent à ses côtés lui semblent étrangers. Elle n'a eu droit ni aux caresses ni aux quignons de pain qu'elle s'empresse d'engloutir dans son fourreau gris. Et où est passé son cornac habituel, celui qui la lave, la félicite quand elle a bien travaillé et lui donne même du whisky, les soirs où le vent se faufile dans son enclos ? L'homme a déclaré forfait et l'a abandonnée.

Quand on écarte ses compagnons et qu'on l'immobilise soudain, Mary se met à trembler. Massés de l'autre côté de la rue, les éléphants refusent de la quitter. Les hommes du cirque jouent de la cravache pour les contraindre à avancer.

Sentant ses pieds se soulever, Mary barrit, affolée. Une acrobate détourne son visage raviné de larmes. Des ricanements, des jurons, des menaces montent du public.

— Respire, respire, ma vieille. Car la suite ne va pas te plaire !

— C'est la fête de la cravate au cou, ma belle !

— Quatre, trois, deux, un, dans les airs, Mary.

Des hommes lui passent une chaîne autour du cou et la fixent au crochet de l'immense grue.

— Tuez-la, tuez-la !

Le moteur démarre, la grue s'ébranle, la chaîne se tend autour de son corps.

Tirée par le cou avec une lenteur terrible, Mary commence son ascension funeste.

Dans la foule, indifférente à la boue qui macule ses pieds et à la pluie qui dégouline dans son cou, Arabella serre les poings devant l'ignoble tableau : l'animal suspendu, ballotté dans les airs, à deux mètres du sol. Soudain un bruit se fait entendre. La chaîne reliant Mary à la grue a cédé. L'éléphant s'écrase par terre dans un craquement d'os.

La clameur redouble.

— Allez-y, tuez-la !

Livides, des membres du cirque Sparks emmènent la jeune acrobate évanouie. Un cornac s'agenouille auprès de Mary et lui parle au niveau d'une oreille en forme d'immense feuille flétrie. Couchée sur le flanc, celle-ci regarde la foule d'un œil vide. Arabella se force à observer cette ignominie. Depuis la veille, elle ne pense qu'au sort de l'éléphant, à sa mort annoncée. Autour d'elle, beaucoup de reporters s'affairent, bloc-notes et crayon en main. Le spectacle a attiré la presse de Chicago et même de New York.

Vite, on passe une nouvelle chaîne autour de Mary, toujours inerte. Hissée à trois mètres du sol, elle commence à suffoquer, en se balançant doucement, dans un silence sépulcral, sous la potence d'acier. L'éléphant agonise une dizaine de minutes avant de fermer définitivement les yeux. Arabella se surprend à prier à voix basse.

C'est fini, on a tué « Mary la Tueuse », comme certains la surnommaient déjà. Des familles applaudissent à tout rompre. Leur appareil braqué dans le ciel lavasse, des photographes immortalisent la dépouille. Arabella aperçoit le reporter rencontré la veille, qui griffonne fébrilement sur son carnet. Elle se détourne vivement, l'homme ne l'a pas vue. Il le tient, son scoop ! C'est la première fois qu'on exécute un éléphant par pendaison. Le 4 janvier 1903, à Coney Island, on avait électrocuté Topsy, une éléphante d'une trentaine d'années comme Mary. Elle avait fini par écraser son gardien. Un meurtre, certes, mais qui s'apparentait à de la légitime défense : celui-ci tentait de lui faire avaler une cigarette allumée !

Jeremy Parkman espère décrocher la une de son journal. Cette histoire inouïe devrait captiver les lecteurs, même à Boston ! Abreuvés d'articles sur la guerre en Europe, ils se passionneraient pour le sort de Mary et la manière expéditive dont ces ploucs du Sud avaient réglé le problème.

Levant les yeux de ses notes, le journaliste aperçoit soudain Arabella. Que cette fille resplendit, même sous les larmes, avec son visage lumineux, cette peau satinée, une jupe verte épousant ses courbes, ses jolies jambes gainées de bas, qu'il devine plus qu'il ne les voit. Il ôte son chapeau pour la saluer, mais elle le fusille du regard et poursuit son chemin. Jeremy reste médusé. Comme si elle le tenait pour responsable du désastre ! Ensemble, ils avaient pourtant tout tenté pour sauver Mary.

La veille à Kingsport, Tennessee

— Tu n'iras pas à ce maudit spectacle ! Tu m'entends ? Il n'en est pas question.

Joseph Cox serrait les mâchoires, tout son visage traduisait sa détermination. Contrairement aux autres hommes qui s'empourpraient dès qu'ils hurlaient, le père d'Arabella affichait une pâleur inquiétante, comme s'il gelait sur place. Froid en temps normal, son regard virait au glacial. Dans ces moments-là, sa femme Lisbeth s'éclipsait en rasant les murs, redoutant les fréquentes explosions de colère de son mari. Arabella, elle, lui tenait tête.

— Mais c'est le cirque, papa ! Alors, oui, bien sûr que j'irai. Avec toute la ville, d'ailleurs.

— Des catins à moitié nues se trémoussant sur de la musique de clowns, ce n'est pas un endroit pour une jeune fille.

— Je n'ai plus dix ans.

À presque dix-huit ans, dans quatre mois et douze jours précisément, Arabella Cox se considérait comme une adulte. Elle avait arrêté l'école, qu'elle jugeait inutile, suivait des études à l'hôpital, travaillait par ailleurs afin de participer aux frais de la maison. Pour une fois qu'elle pouvait se distraire ! Le cirque, ce théâtre à la fois populaire et héroïque, la fascinait depuis toujours. L'odeur de sucre, de peinture fraîche sur les roulottes, de crottin sous les tentes sombres, la ravissait, tout comme les jongleurs et la ménagerie. Ses meilleurs souvenirs d'enfance restaient les représentations où sa Grand Ma Daisy l'emmenait dès qu'un cirque se produisait dans le bel État du Tennessee. Elle les connaissait tous, des plus modestes, ceux qui passaient en carriole avec deux pauvres canassons, des canards et un magicien hagard et souvent saoul, aux plus légendaires comme le Ringling ou le Barnum & Bailey Circus. Ceux-là sillonnaient les États-Unis d'est en ouest en train dans des convois de quatre-vingts wagons et s'arrêtaient dans les bourgs les plus reculés, comme Kingsport, où elle avait vu le jour.

— Et puis, il y a cinq éléphants, reprend Arabella à l'adresse de son père. Je ne vais pas rater ça !

— Si tu me désobéis, tu sais ce qui t'attend ! rugit Joseph Cox avant de claquer la porte, ce qui fait vibrer les murs.

Arabella connaissait le prix de ses rébellions. Son dos et ses jambes en gardaient des souvenirs cuisants, fouettés à l'occasion par le martinet paternel sur fond de prières sourdes et rageuses. Adventiste du septième jour, Joseph Cox croyait en effet en la Grande Controverse, autrement dit au conflit entre le Christ et Satan. Il pratiquait le sabbat, bannissait alcool, viande de porc et fruits de mer de sa maison et ne ratait aucun baptême par immersion de la région. Il se destinait au pastorat avant que sa famille, moins bigote que lui, ne le dissuade de suivre cette voie. Devenu comptable, il aimait son métier mais plaçait Dieu au-dessus de tout et vivait selon sa dure loi. Pas de loisirs, à part la lecture de la Bible, pas de médicaments en cas de maladie, jamais d'achats de plaisir ou flattant la vanité. Arabella abhorrait ces préceptes d'un autre temps et n'en faisait qu'à sa tête, quitte à en subir les conséquences.

Une longue femme maigre au visage délavé s'approche d'elle, plus ombre qu'être humain.

— Ne va pas te mettre en mauvaise situation, ma fille. Tu connais ton père… Je t'en prie, fais-le pour moi.

— Ne t'inquiète pas, maman. Tout se passera bien. Les éléphants m'attendent, conclut Arabella en clignant un œil malicieux.

Lisbeth Cox laisse échapper un soupir résigné qui creuse sa maigre poitrine. Depuis l'enfance, sa fille était indomptable. À sept ans, elle avait refusé de porter l'uniforme pour l'école une semaine entière, malgré les fessées paternelles. À dix ans, on l'avait surprise fourrant sa langue dans la bouche de son cousin. À quinze ans, il fallait l'arracher de son lit et la traîner à l'église où son père officiait avec une voix de stentor. Elle persistait à boire en cachette du thé et du café, malgré la doctrine adventiste tenant ces boissons pour du poison. Et contrairement à ses parents, elle pensait que l'Amérique se devait d'entrer en guerre contre les Allemands, au nom de la dette de liberté contractée auprès des Français depuis 1777. Joseph Cox s'en étranglait devant son potage, mais Arabella s'en moquait. À l'inverse de son frère aîné John, qui réglait son pas sur celui de son père et l'imitait dans ses moindres gestes, Arabella était née insoumise.

Arabella presse l'épaule de sa mère en songeant au cirque. Pourquoi l'aimait-elle autant ? Cet univers de tous les possibles l'attirait tel un aimant. La galerie des monstres, l'homme à la mâchoire de fer, la femme à barbe, les sœurs siamoises, les albinos, les nains, toute cette cour des Miracles l'émouvait autant qu'elle la fascinait. Petite, elle rêvait de devenir acrobate, de planer dans les airs avant d'atterrir sur les épaules d'un jongleur en débardeur étoilé. Puis elle avait découvert les éléphants, leurs barrissements caverneux, et s'était prise de passion pour ces créatures quasi mythologiques, ces statues de chair granitiques, avec leurs oreilles en draps de velours, leurs dagues d'ivoire plantées dans leur peau parcheminée, leurs trompes puissantes qui se dressaient et semblaient peindre des fresques invisibles dans les airs. Les éléphants nous ressemblaient tellement, contrairement à ce que l'on pouvait croire ! Joyeux ou tristes, attentifs à leur progéniture et à leurs congénères, intelligents, drôles, effrayants parfois, sans parler de leur mémoire biographique, ils n'avaient rien à nous envier. Au cirque, elle jubilait de les voir s'asseoir sur des tabourets, s'assembler pour former un petit train circulaire, jouer au ballon, résoudre des additions à l'aide de bâtons ou danser, majestueusement dressés sur leurs pattes arrière. Cet attachement lui venait sûrement des récits de sa grand-mère Daisy. Un temps missionnaire adventiste en Afrique australe, Grand Ma avait eu la chance d'observer des hardes en liberté dans la brousse. Plus tard, elle en avait fait de saisissantes descriptions à sa petite-fille, qui buvait ses paroles avant de s'endormir. Hélas, Grand Ma était morte, elles ne partageraient plus ces formidables après-midi où elles s'empiffraient de pop-corn sur les gradins, assistaient au spectacle sur la piste, puis filaient discuter avec les soigneurs. Amusés et séduits par ce curieux duo, ces derniers les laissaient caresser les bêtes dans leurs enclos et même les nourrir de courgettes et de pommes.

Arabella s'efforce de chasser ces souvenirs heureux avec une grand-mère adorée, happée un matin par le noir. On l'avait trouvée affaissée sur son évier, un vague sourire aux lèvres. Elle n'avait pas dû souffrir.

De la 3e Rue où elle habite jusqu'à Main Street, Arabella marche vite. Là encore, son père renâclerait. Selon ses parents, une demoiselle doit se mouvoir à pas mesurés et prudents, surtout à Kingsport, où les rues dépourvues de trottoir sont jalonnées d'ordures et souvent investies par des sangliers avides de déchets. En plein essor économique, la bourgade se couvre de tentes pour loger les ouvriers qui affluent des confins de l'État. On érige plus de deux cents maisons, dans un concert de marteaux, de scies, de jurons de charretiers. Les terres alentour s'arrachent comme au temps de la ruée vers l'or.

Arabella a remonté sa jupe pour presser l'allure, la parade va débuter. L'air chaud embaume d'effluves de pommes d'amour mêlés à l'âcreté de la bière et de la sueur des hommes. Pendant que les femmes s'éventent, ces derniers reluquent les cuisses des danseuses qui guettent le signal de l'orchestre.

Non loin d'Arabella, Jeremy Parkman, haute silhouette, habits élégants, port de tête aristocratique, a fort à faire avec son turbulent neveu de cinq ans.

— Tonton, achète-moi du nougat !

Le jeune homme s'exécute. Il ne peut rien refuser à James, dit Jimmy, le fils de sa sœur Marta, mariée à un notable de la ville de Charlotte. Chaque année, Jeremy lui rend visite, cette fois dans la maison de famille de son beau-frère, à Kingsport. Souffrante, elle lui a confié son fils pour la journée.

Une clameur s'élève. Les éléphants s'avancent en tête du défilé, indifférents au tumulte qu'ils déclenchent. Ouvrant la marche, Mary, la plus imposante, la star du show, a fière allure avec ses tresses et son diadème fantaisie posé sur sa lourde tête. Les gens du cirque le savent, plus un éléphant est gros, plus il attire les foules. Perché sur l'animal, son soigneur, un type roux à l'air malingre, sourit de toutes les dents qu'il lui reste et parade en agitant son bullhook, le bâton muni d'une pointe servant à diriger la bête.

Hypnotisée, Arabella s'approche comme si elle voulait toucher Mary.

— Il paraît qu'elle sait jouer au base-ball ! s'égosille un gamin.

— J'ai envie de la voir danser ! hurle une fillette en tapant dans ses mains.

Voilà un an que les enfants attendent ce spectacle. Ils suivront les éléphants jusqu'à l'étang où il est prévu que les bêtes se désaltèrent et jouent dans l'eau.

Tout à coup Mary se cambre, son grand corps s'arc-boute. Devant elle, au milieu de la rue, des cochons se sont invités au défilé et se disputent une pastèque pourrie en grognant. Son dresseur lui ordonne d'avancer en la menaçant du piolet. Aux aguets, clouée sur place, l'éléphante craint-elle le grognement des porcs ou convoite-t-elle leur fruit ? L'homme, qui s'en fiche, lui assène un grand coup sur le côté de la tête. L'animal pousse un barrissement de douleur, agite ses oreilles, s'ébroue, piétine le sol qu'il semble moudre dans un nuage de poussière. Tout à l'heure prompts à moquer le cornac impotent, les spectateurs reculent, apeurés. Sidérée, Arabella retient son souffle. Brusquement l'animal, d'une vivacité insoupçonnable, relève sa trompe, l'enroule autour du cornac tel un lasso et l'arrache de son dos comme une simple figurine. Une vague d'effroi agite les premiers rangs. Projeté tel un pantin dans les airs, l'homme atterrit sur un stand Coca-Cola, qui s'effondre dans un fracas assourdissant.

Des femmes crient de terreur. Mary semble hésiter, jauge les spectateurs, avance de quelques mètres, soulève sa lourde patte grise et la laisse retomber sur la tête du soigneur, qui explose dans un mélange de sang et de cervelle. Arabella se décompose, l'éléphante vient d'écraser le crâne de son dompteur comme une noix de coco ! Tout autour les gens s'éparpillent, épouvantés. Happée par la foule, Arabella va tomber, quand une main la soustrait au chaos.

— Mettez-vous à l'abri, tout de suite.

Un enfant dans les bras, l'homme la pousse derrière un établi. Arabella peine à reprendre ses esprits. Tout cela semble un mauvais rêve, ces cochons affamés, l'éléphant en fureur, l'homme catapulté et sa tête en charpie.

Soudain un type surgit d'un magasin avec un Colt et tire cinq fois sur Mary. Les cris redoublent, des gens plongent à terre. Mais les balles semblent glisser sur l'animal, qui secoue sa trompe pour défier l'assaillant.

— Respirez bien, mademoiselle, vous êtes toute pâle.

Jeremy regarde la fille, ses yeux d'un bleu irréel, ce visage en forme de cœur. Une odeur d'ambre et de sueur sucrée s'exhale de son corsage. Il l'entraîne derrière les colonnes de l'entrée d'un bar.

— Si vous voulez vomir, ne vous gênez pas.

— Après vous, je vous en prie…

La repartie de la fille le surprend, mais l'heure n'est pas à la joute verbale. Main Street est tapissée de chapeaux et d'ombrelles abandonnés, les mères hurlent les prénoms de leurs enfants perdus dans ce magma humain. Jeremy protège Jimmy qui s'accroche à son bras. Finalement, un homme du cirque réussit à sauter sur Mary. Sous sa poigne experte, elle se calme en quelques secondes. L'animal semble avoir tout oublié de la violence qu'il a déchaînée.

Jeremy époussette le pli de son pantalon mis à mal dans l'affolement.

— Bonjour, mademoiselle. Jeremy Parkman, pour vous servir. Vous n'avez rien ?

— J'ai vu pire, réplique la jeune fille.

— Dites-moi, à quoi ressemble le shérif par ici ? Je dois lui parler.

— Pourquoi ? Vous êtes un membre du cirque ?

— Non, du *Boston Herald*, un journal de la côte Est, sourit le jeune homme, laissant apparaître deux fossettes soulignant sa beauté un peu canaille et son regard carnassier.

— Tout le monde sait ce qu'est le *Herald*, rétorque Arabella en lui désignant un type qui s'avance en chaloupant parmi la foule. Fred Jackson. Notre shérif. Vous ne pouvez pas le louper, il est saoul dès midi.

— Très bien. Puis-je vous laisser seule ?

— J'allais vous le demander. Je n'ai besoin de personne.

— Quel est votre nom ?

— Arabella Cox.

Arabella aurait pu montrer plus d'aménité, le Yankee l'avait protégée de la foule, mais les mines et les postures du personnage l'agaçaient. Cette courtoisie condescendante, cette redingote pied-de-poule trop apprêtée pour Kingsport, ces longs cheveux calamistrés qui sentaient le barbier de luxe, ce mélange douteux de pirate et d'homme du monde pommadé, l'étrange intensité de son regard vert foncé, tout cela réveillait ses instincts de frondeuse et l'envie de se payer sa tête. Pendant un court instant, en tout cas, elle avait oublié le drame de l'éléphant, et de cela aussi, elle aurait pu le remercier. Elle savait depuis longtemps que ces animaux pouvaient attaquer, détruire et tuer, mais c'était la première fois qu'elle assistait à la mort violente d'un être humain. Et quelle mort horrible… Elle en avait l'estomac retourné, mais elle aurait préféré se faire couper un doigt plutôt que d'en convenir avec cet homme qui s'éloigne en tenant la main du petit garçon. Est-ce son fils ? Tout à coup, la lassitude l'envahit, l'étiole, s'immisce dans son dos, ses jambes. Elle rentre chez elle à petits pas, escortée par les images de cette parade macabre. Quel sort réservait-on à Mary ?

Plus tard, en fin de journée

— Alors, expliquez-moi, nom de Dieu. Que s'est-il passé au juste ?

Charlie Sparks s'est laissé tomber sur une chaise où son ventre gélatineux lui fait comme un tablier. En vingt-sept ans à la tête du cirque, le patron n'a jamais vécu pareille journée. Un homme broyé par l'un de ses animaux ! Et pas n'importe quelle bête : sa star, Mary, qui lui avait coûté les yeux de la tête – huit mille dollars ! – et dont il était si fier. Réuni dans la salle de la mairie avec son équipe, le maire, le shérif, le révérend et d'autres sommités de Kingsport, Charlie se demande comment protéger sa vedette, la soustraire à cette populace vengeresse qui réclame son exécution en scandant « Un fusil ou une corde ! ».

— C'est incompréhensible, lâche un dresseur. Mary était la plus sage de nos bêtes. Jamais un coup de pied ou un mouvement d'humeur…

— Le malheureux qui la montait, on sait qui c'était ? l'interrompt Sparks, irrité d'entendre chanter les louanges de l'animal en la circonstance.

Debout au fond de la salle, Arabella porte une robe bleu nuit ourlée de dentelle aux manches. Les hommes l'observent avec dédain ou concupiscence. Comme d'habitude, elle les ignore, absorbée par les débats qui augurent mal du destin de l'éléphante.

— Ma sciatique s'était réveillée, explique le cornac attitré de Mary. Avec toute la bonne volonté du monde, impossible de la monter. Alors à Saint Paul, il y a ce type qui s'est présenté… Un certain Walter Eldridge, il se faisait appeler « Red ». Il a commencé par filer un coup de main, ramasser la paille souillée, couvrir les bêtes avec des couvertures, c'était pas de trop…

— Ça n'explique pas comment il s'est retrouvé sur le dos de Mary, s'énerve Sparks, qui voit déjà se profiler les éternelles doléances syndicales de ses employés.

— Il a insisté, patron, profité de la situation pour se rendre utile, se défend le cornac. Nos éléphants sont doux, il a dû se passer quelque chose…

— Un chien qui grogne ? Un marmot qui braille ? Qui sait, avec ces bestioles ? maugrée un fermier. En tout cas, elle ne va pas s'en tirer comme ça.

— Elle a tué ! Elle tuera encore ! hurle le shérif Jackson, l'œil allumé par la gnôle.

— Cette bête est manifestement possédée, lance le révérend Johnson, un homme aux traits fins et cruels. Vous avez vu ses yeux ? Démoniaques…

Dehors, sous le soleil rouge sang de cet été sudiste, les citoyens de Kingsport réclament justice. Les plus excités se fraient un passage jusqu'aux fenêtres de la mairie, d'autres tambourinent à sa porte. Ils ne vont pas tarder à tout casser, pense Sparks.

— Rien n'annonçait un tel drame avec cet animal ? interroge Jeremy du fond de la pièce, en griffonnant des notes. Aucun antécédent violent ?

— Rien, lâche Sparks.

En son for intérieur, le patron du cirque est persuadé que Mary a déjà blessé voire tué quelqu'un par le passé. Nombre d'animaux au caractère belliqueux se refaisaient une virginité dans un nouveau cirque, sous un nom différent. Tenter de revendre la bête à un autre zoo pour récupérer une part de sa mise ? Cela semblait compromis. Les cinglés qui braillaient dehors ne l'avaient-ils pas déjà surnommée « Mary la Tueuse », scellant son destin ?

— Patron, les nouvelles vont vite. Des villes de la tournée annoncent qu'elles refuseront d'accueillir le cirque si Mary y figure. Les annulations, c'est la plaie de la profession…

L'homme qui vient de s'exprimer est le magicien de la troupe, en charge également de la publicité du cirque.

— En tout cas, moi je ne me rendrais pas à un spectacle où je risque de finir en mou pour les chats, ironise le maire en ricanant dans sa barbichette.

Arabella toise l'édile au monocle. Comment pouvait-on se montrer aussi abruti ?

Sparks soupire. Garder l'animal, le vendre paraissent aussi impossibles l'un que l'autre.

— Flinguons-la ! lance le révérend. Que justice soit faite.

— Ouais, la loi du talion ! renchérit le shérif en essuyant ses pattes graisseuses sur son pantalon informe.

— Impossible, lâche Sparks. Vous ne trouverez aucun fusil d'un calibre assez gros pour neutraliser cet animal, même dans le Sud.

Là encore, Sparks tait la vérité. Il suffit de tirer dans le conduit auditif d'un éléphant pour lui brûler la cervelle, mais il se garde bien de le dire à ces péquenauds !

— On pourrait lui trouer la panse avec un vieux canon de la guerre civile, suggère l'un des hommes.

— Ou l'électrocuter, comme l'a conseillé le grand Edison à New York il y a une dizaine d'années pour un autre foutu éléphant !

Arabella bondit de sa chaise.

— Mais vous êtes tous devenus fous ! crie-t-elle. C'était un accident, un malheureux accident. Qui sait ce que Mary a pu éprouver ? De la peur, sans doute. La tuer n'arrangerait rien. Elle ne recommencera pas ! Un mort ne vous suffit pas ?

Impressionné par la vigueur de la tirade, Jeremy fixe la jeune femme campée près de lui. Ses yeux bleu glace, ses fines mèches auburn échappées du chignon encadrant son visage rebelle et empourpré. De la dynamite, cette fille-là. D'une autre trempe que les dindes de la bonne société qu'il croise à Boston. Il devrait l'interviewer, écrire son portrait pour le journal, dans le style « La tigresse et l'éléphant ». Les lectrices, de plus en plus nombreuses, apprécieraient. Le boucan dehors le tire de ses pensées.

— Mes fidèles ont raison, lâche le révérend. Il faut pendre cet animal haut et court.

Arabella se tourne vers Jeremy.

— Eh bien, remuez-vous, le journaliste de Boston ! Dites quelque chose, aidez-moi à leur faire entendre raison.

Jeremy se surprend à obtempérer.

— Messieurs, envisageons calmement une alternative. Je suggère des jours de dressage ou de confinement avant d'utiliser cet animal pour les travaux des champs. Mary ferait une formidable bête de trait.

Ses propos se perdent dans le brouhaha et les ricanements.

— Insistez ! lance Arabella.

— Inutile. Ils sont décidés à la tuer. Et puis mon métier n'est pas de haranguer les foules mais de les informer.

Le ton suffisant de l'homme déplaît à la jeune fille.

— Joli métier, en effet. Eh bien moi, je vais continuer à me battre. Pas question d'autoriser une telle saleté, messieurs.

La voix d'Arabella monte dangereusement dans les aigus : elle va téléphoner à des journaux, prévenir la Société pour la prévention de la cruauté envers les animaux, celle-là même qui avait interdit qu'on pende Topsy.

— Et si cela ne suffit pas, j'alerterai le gouverneur et même la Maison-Blanche à Washington…

— Miss, je crois qu'en ce moment le Président a d'autres chats à fouetter, chuchote Jeremy avec une pointe de sarcasme. Vous les entendez dans la rue ? C'est un lynchage qu'ils veulent. Voilà bien une tradition du Sud, non ?

— Que connaissez-vous du Sud, monsieur le Bostonien ?

Blanche comme une craie, Arabella se lève et sort de la salle. Dehors la foule scande toujours : « Tuez-la ! Tuez-la ! » Elle s'enfuit sans attendre le verdict des hommes à la mairie : Mary l'éléphante est condamnée à être pendue à Erwin, la ville voisine, là où le train s'arrête. Une puissante grue rendra justice au nom des honnêtes citoyens en colère.

Kid

Kid avait assisté au châtiment de Mary. Par atavisme, il se méfiait de la foule, de ses débordements, mais c'était la première fois qu'il voyait un éléphant… Et dire que la pauvre bête allait mourir. Horrifié, il n'avait pourtant pu détourner son regard de la pendaison. Un être vivant se balançant au bout d'une chaîne ou d'une corde, si cela pouvait être le dernier, pensait-il, comme pour conjurer cette trouble fascination. Il n'y avait que des Blancs dans le public. Les Noirs comme lui s'étaient tenus à l'écart. La scène avait peuplé ses nuits de cauchemars.

Rien de tel qu'un épi de maïs couvert d'une fine couche de beurre pour se changer les idées. S'élançant tête baissée vers le marchand qui va fermer, Kid bouscule une femme au milieu de la rue. Une Blanche, la cinquantaine, toute ridée d'amertume et de colère. Il s'empresse de l'aider à se relever, mais la virago en jupons le repousse.

— Que fais-tu, négro ? Ne va pas me toucher avec tes sales mains !

— Je suis désolé, madame. Je ne vous ai pas vue.

Kid commence à ramasser les paquets éparpillés autour d'elle.

— Au secours, on me détrousse ! piaille la femme. Mon argent, mes affaires !

Un homme à la mâchoire de dogue s'approche, prêt à mordre.

— Pourriture de nègre ! Toujours à voler les gens !

— Non, je vous jure, répond Kid en posant les paquets. J'ai heurté madame sans le faire exprès. Pardonnez-moi.

Autour de lui convergent des hommes en chapeau, une meute patibulaire, prête à en découdre avec ce garçon gracile d'à peine un mètre soixante-dix, bâti comme un adolescent, aux yeux d'un vert de chlorophylle.

— Foutez-lui la correction qu'il mérite !

— Sac à charbon !

Un coup de pied le cueille au bas du dos, le fait trébucher. Un poing le redresse qui lui entaille la lèvre. Une femme lui crache au visage, la salive dégouline sur sa joue. Il protège son crâne de ses mains, mais une bourrade lui pilonne la tempe, une autre lui écrase un œil. Ces vociférations, ces ondes de haine qui lui vrillent les tympans et le tétanisent sont familières à Kid. Elles emplissaient déjà la rue le jour de la pendaison de l'éléphant.

Dans un sursaut, il se libère d'un assaillant – il le reconnaît, il a travaillé pour lui. La vue brouillée, il aperçoit une ruelle sombre, bouscule deux types et se rue vers l'obscurité, son salut. Il ne connaît pas cette partie d'Erwin, il habite de l'autre côté, dans le quartier réservé aux Noirs, avec ses rigoles d'eau putride, ses cases en bois au sol de terre battue et sa petite église si modeste qu'on dirait qu'elle va s'envoler à la moindre brise. La chaleur y est plus écrasante qu'ailleurs, selon sa maman qui a voyagé jusqu'à Memphis. Il se repère vite, à l'instinct, dans un dédale de rues. Enfin, le terrain vague, et au bout, sa maison.

En lui ouvrant la porte, sa mère retient un cri d'effroi devant son visage tuméfié, sanguinolent. Ma en a pourtant vu d'autres, sa propre mère est morte en lui donnant la vie et elle s'esquinte tous les jours dans les champs de maïs.

— Mais que s'est-il passé, fils ?

— Des sales types m'ont tabassé. Je n'avais rien fait, maman, je te promets.

Ma le guide vers la chaise en bois fabriquée par son père, comme les autres meubles de la case. Elle va chercher une bassine d'eau, trempe un linge qu'elle passe délicatement sur le visage de son fils. Avec ses vaguelettes de cheveux coupés court, ses épaules fines, ses muscles déliés, elle ne pouvait s'empêcher de le trouver beau malgré le filet de sang qui coulait de son nez. À l'église, il attirait l'œil des filles et même, elle l'avait remarqué, de certaines femmes mariées.

— Raconte-moi tout, William Vernon. Je veux comprendre.

Quand Ma l'appelait par son nom, Kid, que l'on surnommait ainsi depuis sa naissance, savait que c'était du sérieux. Il narre l'incident, les injures, la dégelée de coups, pendant que sa mère tamponne calmement son visage. La violence est une vieille habitude. Il y a cinq ans, son mari est mort, écrasé par la voiture d'un riche commerçant de la ville. Blanc, évidemment. L'homme avait fui, laissant Lindsay Vernon agoniser au bord de la route. Quand sa femme et son fils l'avaient trouvé, c'était trop tard : Pa avait rendu l'âme depuis des heures. L'ambulance n'avait pas daigné se déplacer, la famille n'avait pu prouver l'accident ni obtenir jamais la moindre indemnité. Les Blancs avaient le pouvoir et les Noirs leurs yeux pour pleurer.

— Tu ne peux pas rester ici, s'exclame Ma. Ils vont venir te chercher. Tu comprends ce que ça signifie ?

Kid hoche la tête. On ne naît pas dans le Tennessee sans savoir à quoi s'en tenir sur le lynchage. Depuis peu, ces actes se multipliaient dans le pays. Quelques mois plus tôt, à Waco, au Texas, devant une foule chauffée à blanc, on avait tranché le sexe et les oreilles d'un pauvre hère avant de le jeter vivant sur un bûcher ! Quand les Vernon l'avaient appris, ils avaient prié pour le salut du supplicié tout en sachant que cet acte de barbarie se reproduirait. C'était ainsi dans le Sud, une vie de Noir ne valait rien. Les arbres de la région, comme on le chanterait plus tard, portaient en effet « d'étranges fruits, du sang sur les feuilles et sur leurs racines, des corps noirs se balançant dans la brise ». Un regard de travers, une malheureuse gaffe suffisaient pour engendrer un drame.

— Mais où veux-tu que j'aille, maman ? Et qui t'aidera aux champs ?

— Je me débrouillerai, Kid. Ton petit frère Tyler a bientôt douze ans, il ne rechigne pas à la tâche. Ta sœur Becky peut aussi donner un coup de main. Mais toi, si tu restes ici, ils te tueront.

Elle regarde son aîné, ses attaches fines, sa minceur féminine, ses yeux d'un vert acide. Avec sa petite taille, il avait souffert dans les champs, elle le savait. Elle avait déjà perdu un mari, elle refusait qu'on lui prenne un fils.

— Les compagnies du Nord offrent des billets de train gratuits, poursuit-elle. Là-bas, il y a du travail dans l'automobile et la sidérurgie, avec de bons salaires à la clé ! On parle de trois dollars par jour.

— Oui, je sais. On embauche aussi dans l'armement avec la guerre en Europe. Mais je ne peux pas te laisser, maman.

Elle lui caresse les cheveux.

— Aujourd'hui, chéri, tu as vu la haine. Elle court vite, crois-moi. Ils viendront pour te prendre, et cette fois-ci, tu ne t'en tireras pas.

De l'armoire familiale, Ma sort un maigre bagage : un pantalon, deux gilets de corps, une chemise, le sac est vite bouclé. Les lavages n'ont pas effacé les taches de sang sur le foulard que portait Lindsay le jour de sa mort. Elle le noue délicatement autour du cou de son fils. Ils se regardent tendrement. Mais Kid est vite rattrapé par l'inquiétude. Comment s'en sortira-t-elle ? Quand Pa vivait, son salaire d'ouvrier agricole leur permettait de subsister et Ma faisait la nourrice. Elle offrait son lait, du « jus de nègre » d'après l'appellation aimable des beaux messieurs de la ville, à des bébés cachectiques. La mort de son mari l'avait envoyée dans les champs de coton, comme tant d'autres. Et l'avenir était sombre. Une invasion de charançons venus du Mexique dévastait la Cotton Belt. Les salaires déjà minables – moins d'un dollar par jour pour un travail harassant – avaient encore fondu. Il fallait se rabattre sur la récolte du maïs, qui payait encore plus mal mais martyrisait autant le dos, sans compter la nuque brûlée par le feu du ciel. Les sacs s'emplissaient lentement, il fallait veiller à ne pas abîmer les jeunes pousses, sous peine de déclencher les aboiements et les coups de trique des contremaîtres. Le soir, Ma avait les mains si gonflées que Kid les massait avec un onguent à base de plantes. Une recette de leur Grand Ma, qui reposait aujourd'hui sous un grand magnolia, dans le cimetière réservé aux Noirs.

— Je peux au moins attendre Tyler et Becky ? demande Kid. J'aimerais leur dire au revoir.

— Trop dangereux. Il va faire nuit, file à la gare. Je te donne ce que j'ai.

Elle fourre quelques billets dans sa poche, une miche de pain et trois pommes dans son sac.

— Promets-moi une chose, fils.

— Ce que tu veux, maman, répond Kid au bord des larmes.

— N'oublie pas de pratiquer ton instrument tous les jours. De nous écrire aussi… Et de te laver, bien sûr.

— Ça fait trois choses, maman, dit Kid en essayant de sourire.

Kid jouait du banjo depuis qu'il savait se tenir sur les genoux de sa grand-mère. Il grattait aussi la guitare quand il en trouvait une. Les leçons de piano étaient inabordables, ce qui n'enlevait rien à son admiration pour Scott Joplin, le virtuose texan du ragtime. La clarinette avec sa sonorité cristalline restait sa vraie passion. Le dimanche, les fidèles se bousculaient pour l'écouter à l'église. On disait que Jésus lui-même battait le rythme quand les notes de Kid emplissaient la modeste bâtisse de bois blanc.

Kid enveloppe avec soin son instrument et ses deux livres fétiches, *Les Aventures de Tom Sawyer* et *Huckleberry Finn*, dont il connaît des passages par cœur. Sur le pas de la porte, ses yeux s'arrêtent longuement sur le pauvre intérieur familial, comme s'il voulait l'emporter avec lui. Pour une fois, sa mère reste immobile, pétrifiée dans sa cuisine. Un dernier signe de la main, et il referme la porte.

— Kid ! Où vas-tu ?

C'est Tyler, son cadet, qui rentre à la maison sur ses jambes de criquet. Depuis que Ma lui a rasé la tête, il ressemble à ces orphelins qui viennent quémander un bout de pain ou une assiette de riz.

— Maman te racontera, frérot. Je dois y aller. Je suis menacé ici. On n'est en sécurité nulle part avec la couleur de notre peau.

— Aller où ? Et qui t'a amoché comme ça ?

— Je dois partir loin. Ça chauffe pour moi.

— Non, ne pars pas, hurle Tyler, catastrophé. Ou alors emmène-moi. Je ne veux pas rester ici sans toi.

— Qu'est-ce que tu racontes, Ty ? Tu as douze ans. Tu n'en as pas fini avec l'école…

— Je m'en fous, de l'école ! Emmène-moi. Où vas-tu ?

— À Memphis, à Chicago, dans le Nord… J'en sais rien. Je reviendrai, ne t'en fais pas. Prends garde à toi. Et aide bien maman et Becky. Elles en auront besoin.

Tyler s'accroche aux bras de son aîné.

— Moi aussi, je peux travailler. Ils cherchent des types pour construire des canons.

— On verra plus tard. Je reviendrai, je te dis.

Kid s'éloigne, les sanglots de son cadet dans les oreilles. Il a peur, il a mal et ne sait ce qui l'attend. Maudits Blancs qui l'obligent à quitter ceux qui l'aiment. Un instant, l'image de l'éléphant lynché devant la foule hystérique lui passe devant les yeux. Il les relève, surveille les alentours et presse le pas dans le crépuscule naissant.

Jeremy

— Excellent papier, tu peux être fier de toi ! Ce n'était pas trop pénible, le *Deep South* ? Tous ces abrutis réunis dans le cul du monde ! Et cette chaleur… Atroce.

En règle générale, James Irving, le rédacteur en chef du *Boston Herald*, économisait ses compliments, mais là, il était fier de son journaliste. Jeremy jubilait, l'exécution barbare d'un éléphant lui avait valu la deuxième page. Bel exploit quand la une était habituellement réservée aux sacro-saintes affaires locales et, notamment ce jour-là, à la conférence de presse du nouveau gouverneur de l'État du Massachusetts, un républicain succédant à deux démocrates.

— Tu sais, je ne suis pas resté très longtemps là-bas.

Jeremy garde pour lui les nappes de ciel bleu, les gommiers massifs se découpant sur l'horizon, les chemins de terre rouge, le fumet des barbecues. Décidément, le Sud ne se résumait pas aux ouragans ni aux menées du Ku Klux Klan. Il y avait aussi cette étrange jeune fille de Kingsport, un ange qui se serait damné pour sauver l'éléphant Mary. Cette belle sudiste l'avait marqué, elle s'invitait souvent dans ses pensées. Plus que de raison, songeait le jeune homme. Après tout, ils n'avaient échangé que quelques mots.

— J'aimerais enquêter sur les volontaires qui vont se battre en Europe, sous un angle local bien entendu, explique Jeremy. Certains sortent de Harvard et combattent depuis août 1914 dans la Légion étrangère française.

— Stan s'en charge. Par contre, je n'ai personne pour l'incendie chez les richards de Beacon Hill… En plus, ce n'est pas loin de chez toi, je crois.

Encore une petite pique sur ses origines sociales. Jeremy devrait être habitué mais il le prend mal. Oui, il était riche, très riche même. Du côté paternel, sa famille remontait aux *Pilgrims.* En 1620, elle avait vogué de l'Angleterre à Plymouth sur le *Mayflower*, comme son père Zachary le serinait à chaque dîner familial. Les Parkman représentaient l'aristocratie américaine, du moins ce qui s'en approchait le plus : les présidents John Adams, Ulysses Grant ou James Garfield descendaient aussi d'aïeuls débarqués du *Mayflower.* Fuyant l'Europe à la recherche d'un lieu pour pratiquer librement leur religion, les Parkman avaient fait fortune en Nouvelle-Angleterre dans la construction de bateaux. De simples barques, leurs ancêtres étaient passés aux bâtiments de gros tonnage réclamés par l'essor des relations commerciales. Aujourd'hui, le chantier naval Parkman basé à Quincy, près de Boston, était réputé sur toute la côte Est. Depuis le déclenchement de la guerre, des cuirassés, des croiseurs, des destroyers sortaient de ses ateliers à un rythme impressionnant. Près de quinze mille personnes travaillaient sous les ordres de Zachary Parkman, qui avait suivi les traces de ses père et grand-père, en les élargissant à une pointure de géant. Il avait installé sa famille dans une maison du quartier huppé de Boston, Beacon Hill, où les marbres, les colonnes doriques, les tapis d'Orient et les tableaux de maîtres constituaient le plus raffiné des écrins. Jeremy y vivait encore à vingt-sept ans, jouissant d'une suite élégante au-dessus de l'étage réservé à ses parents. Il dormait dans des draps en lin, lisait à la lueur de lampes d'Italie, se délassait dans des canapés couverts de soie et s'habillait de linge commandé chez Charvet à Paris. Louer un appartement en ville et gagner en indépendance, il n'y pensait même pas, trop habitué à la diligence des gens de maison, à l'apparat des pièces gigantesques, à la quiétude et aux senteurs d'un parc aux multiples essences.

Pourtant, après ses études de droit à Harvard, il s'était rebellé, refusant d'intégrer l'entreprise familiale. Lors d'une scène mémorable, Zachary Parkman avait tempêté, brisé des vases, puis argumenté, avant de supplier : à la suite du décès du petit Andrew, emporté à trois semaines par une méningite, il lui avait toujours semblé naturel que son fils unique, Jeremy, rejoigne l'immense chantier naval et se prépare à sa succession. Mais diriger des hommes et gérer une affaire, même aussi florissante, n'intéressaient pas Jeremy. Il aimait observer ses contemporains, voulait voyager, déchiffrer le monde, devenir journaliste.

— Un métier de crève-la-faim ! avait rugi son père, qui tenait la presse en piètre estime et faisait sienne la devise des Brahmins, l'élite de Boston : « Un gentleman ne doit avoir son nom dans le journal que deux fois. Le jour de sa naissance et celui de son décès. »

Zachary comprenait mal l'insatiable curiosité de Jeremy, ce besoin de fouiller la ville à la recherche d'histoires, de portraits, de destins, de scandales. Quand son fils lui avait reproché son indifférence au sort de son prochain, il avait blêmi et rétorqué qu'il faisait vivre des milliers de familles d'ouvriers, en se passant des leçons d'idéalisme d'un blanc-bec.

Depuis cette algarade, les deux hommes ne discutaient plus que de sujets anodins, telles la météo ou la liste des invités de la prochaine réunion familiale concoctée par Dorothy Parkman. La mère de Jeremy, une femme au regard désarmant et lumineux, venait elle aussi d'un milieu aisé. Établis dans le Massachusetts, les Osbourne avaient prospéré dans l'industrie textile et élevé leur fille dans le culte du beau. La douce Dorothy avait fait de sa demeure un havre de magnificence, attirant et ravissant les visiteurs par son goût de la décoration, la musique qu'on jouait dans son salon, les tableaux qu'elle collectionnait et qu'elle disposait en une brillante scénographie, sous l'œil bienveillant – ou indifférent – de son mari. La perte d'un fils à trois semaines avait renforcé sa fibre familiale. Rien ne lui importait plus que de tisser et de cultiver les liens avec ses proches. Elle passait une partie de son temps à envoyer des invitations sur du papier à lettres crème à l'attention des nombreux parents nichés dans les arbres généalogiques Parkman et Osbourne. Réceptions et dîners transformaient la demeure en une véritable ruche. Jeremy adorait cette agitation, ce carrousel de rires et de conversations qui lui rappelait son enfance turbulente, les farces, les cavalcades avec ses cousins dans les couloirs et les escaliers tapissés, pendant que les adultes fumaient des cigarettes tirées d'étuis en argent ou sirotaient un verre de sherry.

Alors devait-il se sentir coupable du train de vie auquel ses parents l'avaient habitué dès son plus jeune âge ? Certainement pas. D'autant qu'il avait dévié de la route dorée qu'on lui avait tracée. Refusant les facilités de l'héritage, il avait choisi la voie des *self-made-men* dans la grande tradition américaine.

— Je suis un bon reporter, glisse-t-il à son rédacteur en chef. Tu sais pertinemment que je peux écrire sur autre chose qu'un incendie, des pince-fesses mondains ou des parties de croquet… J'attends de te le montrer depuis longtemps déjà.

— Chacun doit faire ses preuves dans ce journal ! s'échauffe Irving. Beacon Hill en feu ne t'inspire pas ? Fort bien. Que dirais-tu d'une pauvre gamine trucidée dans le South End ?

Trop novice pour se permettre de négocier, Jeremy soupire, vaincu. Va pour un meurtre crapuleux, sans doute l'une de ces prostituées irlandaises ou noires qui arpentaient le macadam en aguichant le chaland. La malheureuse sera tombée sur l'une de ces gouapes avinées qui jouaient du couteau dans les rues interlopes. Jeremy connaissait ce quartier et les périls du South End. Il s'y aventurait pour écouter cette nouvelle musique qu'on appelait le jazz, dans des cabarets faunesques et enfumés comme le Wally's Paradise ou l'Estell's. On y croisait alors un musicien noir, un certain Duke Ellington, dont le talent attirait les foules.

Ce reportage le priverait d'un dîner avec sa mère. Elle en serait chagrinée, mais depuis qu'il était fiancé à Rosemary Saltonstalls, elle s'était fait une raison. Son fils chéri quitterait bientôt la maison, la laissant seule avec un mari obsédé par ses affaires, au point parfois de ne pas articuler un mot de la soirée. Oui, Jeremy lui manquerait, mais au moins ferait-il un beau mariage avec Rosemary, « une fille formidable », fleuron d'une famille fort respectable de Baltimore. Et elle y gagnerait d'adorables petits-enfants, qui raviraient ses nombreux invités. La lignée se perpétuerait dans la prospérité et le calme.

Pensif, Jeremy prend son calepin, son chapeau et quitte le bureau d'Irving. L'enquête s'annonce délicate – généralement les témoins se taisent devant les journalistes. La tâche ne le rebute pas. Seuls l'ennui et la routine le terrifient. Et l'idée qu'il ne décrochera jamais la une.

Arabella

Depuis l'exécution de l'éléphant, hantée par le supplice infligé à l'animal, Arabella balançait entre la colère et un déroutant sentiment de dépossession. Les larmes affluaient quand lui revenait le bruit sourd, sinistre, du corps de Mary décroché de la grue et s'écrasant à terre sous l'œil obscène des badauds. C'était comme si on avait tué l'une de ses connaissances. Elle n'avait rien éprouvé d'aussi poignant depuis la mort de sa grand-mère. Accablée d'un chagrin qui la dépassait, elle mangeait peu, ne sortait que pour honorer ses obligations et dormait mal.

Fatalement, son père l'avait chapitrée au retour de la pendaison.

— Ton éléphant, c'est le diable, avait tonné Joseph Cox.

— Papa, tu vois le diable partout.

— Quand un chien a la rage, ma fille, on l'abat.

Excédée, la jeune femme avait élevé la voix.

— Mais c'est pure bêtise que tuer une bête qui ne comprend pas ses actes.

— Toute créature de Dieu doit répondre de ce qu'elle fait, avait martelé son père, avant de l'envoyer se coucher une fois de plus sans dîner.

Ce dont Arabella se souciait comme de son premier mouchoir. Sa chambre, toute blanche, restait son endroit favori dans la maison, avec son lit à la courtepointe bleue, une table en chêne et un tableautin représentant les Grands Boulevards à Paris acheté dans une brocante, contre l'avis de son père qui lui préférait un crucifix ! Mais il y avait assez de croix et de portraits religieux dans la maison pour qu'elle décore son repaire à son goût.

La demeure familiale ressemblait à ses parents : spartiate, froide, anguleuse, sans tapis ni bibelots. Aucun livre non plus, à part l'Almanach et la Bible. Les Cox surveillant ses lectures, Arabella empruntait en cachette des récits d'aventures et d'expéditions lointaines à la bibliothèque municipale. Ces voyages autour de sa chambre l'emportaient loin des odeurs de lessive, d'encaustique et d'eau de Javel, les parfums quotidiens de sa mère. Lisbeth était en effet folle de propreté. Quand elle ne fabriquait pas robes et jupes pour une clientèle de matrones attirées par ses prix modiques, elle lavait vêtements et linge de maison dans un baquet en céramique fumant et mousseux. Le même récipient servait aux ablutions de la famille, qui s'y trempait une fois par semaine. Dans des journaux, à la bibliothèque, Arabella avait lu des articles au sujet de véritables salles de bains où l'eau chaude coulait à profusion, mais son père ne voulait pas entendre parler de telles installations. Selon lui, elles favorisaient l'indolence, la luxure. S'il avait été l'un des premiers citoyens de Kingsport à acheter une automobile, la fameuse Ford T, ce n'était pas par goût de la conduite, encore moins pour éblouir les voisins. Ce véhicule d'occasion lui servait à prêcher la bonne parole, à visiter des pauvres dans le but de les amener à l'église. Lisbeth ne ménageait pas sa peine dans ces périples prosélytiques. Chargée de pains de viande, de gratins de pâtes et de cookies, elle escortait son mari dans les quartiers ouvriers. Les malheureux qui trimaient pour quelques dollars à l'usine du coin se jetaient sur la nourriture sans jamais promettre de rejoindre les adventistes du septième jour. Ce qui ne décourageait pas le couple Cox, prompt à recommencer le week-end suivant.

— Lève-toi donc, fainéante. Tu seras en retard.

Lisbeth dévisage Arabella avec une tendresse mêlée d'inquiétude. Cette forme allongée, amollie, ressemble si peu à son feu follet de fille ! Arabella paraît bâillonnée de fatigue, les traits tirés, les cheveux sales, en bataille, elle qui d'habitude les brosse vigoureusement le soir pour les faire briller. Elle aimait orner son chapeau d'un ruban et sortait toujours gantée. En ville, on remarquait son regard crâne et brûlant, sa démarche aérienne, le sémillant frou-frou de ses jupes. Mère et fille se disputaient souvent à ce sujet. Lisbeth créait des robes modestes, à petit col, quand Arabella ne rêvait que de taffetas blanc, de velours rouge et de robes de soie à la dernière mode.

— Et le Dr Garfield, tu y as songé ? renchérit Lisbeth. Il va t'attendre, il a tellement de monde en ce moment. Tu ne peux pas le laisser tomber.

Recroquevillée sur son lit, Arabella enfouit sa tête sous l'oreiller. Après l'école, elle aurait voulu entreprendre des études de médecine. Gamine, elle faisait semblant d'opérer ses poupées avec des couteaux et des fourchettes, posait des compresses d'argile sur le museau du chat, surveillait chaque soir la température de son frère. Mais là encore, son père avait décidé pour elle. D'après lui, la médecine ne convenait pas aux femmes, trop sensibles, incapables d'affronter la souffrance, l'agonie, la mort – sans parler des tentations qui les guettaient devant la nudité des corps. En vérité, Joseph Cox n'envisageait aucun métier pour sa fille et projetait de la marier au plus vite. Devinant ce dessein, Arabella s'était promis de refuser tous les prétendants qui se présenteraient. Des mois de discussions houleuses, de claquements de porte et de hurlements n'avaient pas entamé sa détermination de se consacrer à la médecine. Elle s'intéressait aussi à la politique, avec un net penchant pour les démocrates évidemment, et voulait voter, comme les suffragettes de Chicago et de New York ! Comment les Cox, si soumis aux lois de Dieu, avaient-ils pu engendrer un être aussi différent d'eux et de son frère ? Arabella s'ennuyait le dimanche à l'église et se pliait de mauvaise grâce aux prières familiales, matin et soir, agenouillée au sol. Inquiet pour l'âme de son enfant, mais conscient qu'il devait lâcher du lest de crainte de la voir fuguer, Joseph avait consenti du bout des lèvres à ce qu'elle suive des cours d'infirmière à l'hôpital. Cette lubie lui passerait quand elle aurait la bague au doigt, persistait-il à penser. Un homme, des enfants, un foyer, voilà qui calmerait les démons qui habitaient sa fille.

Arabella suivait donc depuis six mois des cours matinaux au Saint Martin's Hospital. L'après-midi, elle secondait le Dr Garfield, établi à Kingsport depuis quarante-cinq ans. C'était un homme d'un autre siècle, rubicond et jovial, porté sur le whisky, mais compétent, généreux, auprès de qui elle apprenait vite. De mauvaises langues murmuraient qu'il était franc-maçon et certains ne le saluaient pas à cause de cette fable ridicule. Garfield en souriait tranquillement. Il n'y avait que deux médecins à Kingsport et la clientèle ne manquait pas. À ses côtés, Arabella désinfectait des plaies, recueillait du sang ou des urines, tenait la main d'enfants apeurés par les instruments et l'odeur de phénol. En fin de journée, elle rentrait fourbue du cabinet, mais heureuse d'avoir pu échapper à l'atmosphère confinée de la maison où sa mère se courbait des heures durant sur sa machine à coudre.

Arabella sort du lit à contrecœur, l'estomac barbouillé. Elle aurait bien besoin d'un café pour se réveiller ! Elle devra attendre pour le prendre à l'hôpital. Elle soupire, croise le reflet de son teint pâle, l'arc étiré de ses sourcils sombres dans le miroir, s'habille prestement et sort après avoir refusé la proposition de porridge chaud de sa mère. Perdue dans ses pensées, elle marche sans prêter attention à l'agitation de Main Street. Ces hommes au revolver glissé à la ceinture, ces femmes en robes à smocks flanquées d'enfants, ces vénérables vieillards à monocle achetant leur journal, étaient-ils les mêmes qui avaient applaudi à tout rompre le martyre de l'éléphant ? Avec son drugstore, sa quincaillerie, son salon de coiffure, la rue principale ne lui a jamais semblé aussi provinciale. À Kingsport, on pouvait compter les automobiles Colombo, Durant, Chandler sur les doigts d'une main. Dès que l'on franchissait les limites de la ville, le goudron désertait les routes, vaches et moutons regardaient passer les carrioles à chevaux, et les attelages devaient freiner quand des cochons roses traversaient la voie à la queue leu leu. À l'ombre des acacias, la vie ne se pressait pas, l'été s'attardait, s'accrochant aux derniers jours de septembre. Si tout pouvait bouger, changer !

Arabella s'arrête pour s'offrir un soda Dr Pepper, son plaisir quotidien, quand une voix l'interpelle.

— Tu devrais te mettre au gin tonic, Arabella. Voilà qui te désaltérerait vraiment.

C'est Suzan Hawthorne, sa meilleure amie, une grande fille blonde, mal attifée, au nez busqué, tenant en laisse un caniche rasé et déjà exténué par la chaleur.

— Idéal pour m'occuper de mes patients, en effet, raille l'apprentie infirmière.

— Arrête ton char, tu n'es quand même pas Florence Nightingale. Tu ne luttes pas contre le typhus et la dysenterie pendant la guerre de Crimée. Tu soulages juste les varices de la mère Johnson et les hémorroïdes du révérend Gladstone !

Arabella acquiesce en grimaçant.

— Peut-être, mais nous ne sommes pas à l'abri d'une autre guerre. Tu as lu l'article de *Life* à propos des atrocités des troupes allemandes sur les civils, les pluies d'obus, le déluge d'artillerie sur le front ? Les États-Unis devraient secourir leurs alliés dans ce conflit d'usure.

Là encore, la jeune fille contredisait son père. Joseph Cox ne voyait aucun inconvénient à ce que les Européens s'entre-tuent, du moment que l'or provenant de France et d'Angleterre emplissait les coffres des banques américaines. L'Amérique n'était pas menacée sur son territoire, c'était le principal. Quel aveuglement !

— C'est loin, l'Europe, répond Suzan nonchalamment. Je t'accompagne jusqu'à l'hôpital. Si Popeye veut bien marcher.

Mais le pauvre animal ahane sans bouger d'un pouce.

— Bon... Tu viens chez Liliane samedi ? On va danser.

— Je ne sais pas, répond Arabella.

— C'est encore cette histoire d'éléphant ?

Arabella se trouble.

— Oui... Non... Peut-être...

— Écoute, tu n'y es pour rien. Tu as tenté tout ce que tu as pu pour sauver cet animal. Maintenant, pense à autre chose. Tu aimes encore danser ?

— Évidemment !

Suzan éclate de rire. Elle connaît les talents de danseuse de sa copine, tout comme les stratagèmes que cette dernière doit inventer pour sortir le soir par la fenêtre de sa chambre, et tromper ainsi le Dieu des parents Cox réticent à toute forme de plaisir et d'amusement. Parfois Suzan se demandait si les adventistes n'étaient pas plus fous que les pentecôtistes qui, à l'instar de saint Marc, attrapaient à pleines mains des serpents venimeux, persuadés qu'ils épargnaient les croyants sincères. Un mois plus tôt, lors d'une cérémonie, un pasteur était mort, mordu au bras…

Suzan habitait seule avec sa mère, Linda, devenue veuve à quarante ans, quand son mari, saoul comme une barrique, s'était brisé le crâne sur un banc de pierre en chutant de cheval. Depuis l'accident, réduite à donner des cours de piano et de violon à des enfants peu doués, elle croulait sous les difficultés financières sans que l'idée l'ait jamais traversée d'invoquer un quelconque secours divin. La mère et la fille ne croyaient en aucun dieu, tout simplement. « Les filles Hawthorne », comme on les appelait à Kingsport avec un brin de mépris et de condescendance, n'étaient donc pas reçues dans toutes les demeures. Chez les Cox, inviter « cette impie de Suzan » se serait apparenté à un péché majeur, à tel point qu'Arabella n'évoquait même plus la question auprès de ses parents. Elle préférait retrouver son amie dans la rue ou dans le petit parc à l'herbe pelée qui faisait office de jardin public. Suzan travaillait comme secrétaire chez un chapelier où elle s'ennuyait ferme, car tenir les comptes ne lui prenait que quelques heures par jour. Elle rêvait de quitter Kingsport, de découvrir ce merveilleux pays qu'étaient les États-Unis. Elle parlait de s'installer un jour à Atlanta – il y aurait toujours du travail derrière une machine à écrire – et de partager un studio avec Arabella, qui pourrait œuvrer aussi là-bas. En attendant, mangeant plus de riz que de rôtis, elle acceptait volontiers le petit billet plié en quatre que sa copine glissait régulièrement dans sa main.

Suzan sourit en imaginant les acrobaties d'Arabella à sa fenêtre pour sortir en douce. Samedi, elles retrouveraient des filles de leur âge. On jouerait de la musique, on boirait de l'alcool, on flirterait avec des garçons. Bref, tout ce dont avait besoin Arabella pour oublier cette pathétique histoire d'éléphant pendu.

Kid

La nuit tarde à tomber et Kid doit se cacher en attendant de pouvoir rejoindre la gare. Les arbres bruissent de taons surexcités et les criquets, ivres du soleil de la journée, s'en donnent à cœur joie. Les sens en alerte, le jeune homme capte tout : la frappe d'un pivert sur une branche, la scie des sauterelles, le hennissement des chevaux d'un paysan au loin. Il quitte la route creusée de nids-de-poule pour se réfugier dans un champ de maïs dont les pousses lui arrivent aux épaules. Accroupi, il reste longtemps à contempler le ciel qui vire au violet. Il pourrait s'endormir là, mais chaque bruit le fait sursauter. Ce craquement, est-ce un sanglier prêt à charger ou l'un de ces types lancés à sa poursuite ?

Il revoit l'attroupement à Erwin, les bouches tordues qui lui crachent au visage, la pieuvre de bras et de pieds qui cherche à l'atteindre, et il imagine la suite : la ronde des fantômes en cagoules blanches du Ku Klux Klan. Ces gens-là pouvaient brûler vifs des gamins accusés des pires turpitudes, tirer de leurs cellules des pauvres gars et les traîner dans toute la ville derrière une carriole, la police s'en lavait les mains. Ils le retrouveraient, c'était certain, sauf s'il parvenait à s'enfuir loin de leur terrain de jeux. Pour l'instant, il regrettait de ne pas être armé. Pour rembourser une dette chez les commerçants, sa mère avait vendu la Winchester calibre 12 avec laquelle son père chassait les lapins, les cailles et même les chevreuils afin d'améliorer l'ordinaire de la famille. Un moment, Kid songe avec nostalgie à ces dimanches matin vaporeux où il accompagnait Lindsay Vernon sur la piste des animaux. Avant de les viser, son père récitait une petite prière. Abattre ces bêtes ne lui procurait aucun plaisir. Mais il fallait bien manger quand le prix de la viande s'envolait.

Bientôt chauves-souris et phalènes dansent au-dessus de lui. La nuit vient avec la faim. Il a croqué les pommes de sa mère sur le trajet. Reste la miche de pain, mais sans eau, elle colle à sa gorge comme du mastic. Il est temps de sortir des maïs, non pour aller boire une bière fraîche comme il en rêve, mais pour grimper dans un train, n'importe lequel. Il tâte la croûte formée par le sang sur son arcade sourcilière endolorie. En plein jour, il lui serait impossible de marcher dans les rues avec une telle blessure sans attirer l'attention, la méfiance, le châtiment.

À Erwin, comme dans les autres villes du Sud en ce début de siècle, le quartier réservé aux gens de couleur, avec son école, son église, ses magasins, ses maisons miteuses, tombe en ruine. On racontait que dans le Nord un Noir pouvait s'asseoir dans le même restaurant qu'un Blanc. Kid y croyait à peine en se rappelant le sort de sa famille. Son grand-père et sa grand-mère paternels n'avaient connu que l'esclavage. Elle avait été battue comme plâtre pour avoir refusé les avances du maître. Combattant de la grande guerre civile, l'oncle William avait été blessé à Gettysburg en juillet 1863 dans la bataille titanesque qui avait vu la victoire des nordistes. Le garçon espérait cependant que tous ces sacrifices, toutes ces douleurs, tous ces drames serviraient un jour à édifier une société plus juste.

Il marche d'un pas plus vif dans les rues éclairées par les becs de gaz sans croiser personne. À la gare paresse un vieil employé plongé dans la lecture du journal local.

— Que veux-tu, mon garçon ? demande l'homme en levant les yeux sur lui.

— Un billet pour le prochain train, monsieur.

— Le dernier est parti à 3 heures cet après-midi. Tu as du retard, gamin. Reviens demain.

— Vous êtes sûr ? demande Kid, un peu vertement.

— Dis donc, toi, tu comptes m'apprendre mon métier ?

Que faire ? Rentrer chez sa mère ? Trop périlleux. Dormir dans la gare à la merci de ce type qui le regardait bizarrement et pouvait alerter des comparses en ville ? Trop risqué, là encore. Sa blessure pouvait le dénoncer. Son signalement devait déjà circuler dans Erwin.

Il salue poliment l'employé et s'éloigne lentement. Dès qu'il se trouve hors de sa vue, il galope vers les faubourgs de la ville. Il passera la nuit dans les champs de coton, un environnement familier.

Il n'en garde pas que de mauvais souvenirs. À neuf ans, alors qu'il avait déjà quitté l'école, on l'avait placé dans l'équipe du matin. Six heures par jour à cueillir la masse blanche, à s'en faire des barbes pour amuser les copains, à souffrir aussi quand les bras devenaient trop raides, trop lourds, à force de soulever les paniers. Malgré sa constitution malingre, il avait battu un record en cueillant deux cent cinquante livres des précieuses capsules en une seule journée. En guise de médaille, il avait reçu une bouteille de gnôle dont le contenu descendu avec ses compagnons d'infortune l'avait assommé. Il se souvenait de ces champs à perte de vue, de cette mer, la seule qu'il ait jamais contemplée, moirée de chlorophylle, bientôt couverte de fleurs de coton ondulant sous le vent comme un nuage de crème ouatée. Il y avait enduré la violence gratuite des contremaîtres et découvert les pouvoirs pacificateurs de la musique. Quand l'équipe menaçait d'en venir aux mains avec les Blancs, il sortait sa clarinette et jouait un air pour l'apaiser. Les notes s'envolaient dans le ciel, les esclaves fredonnaient un gospel qui parlait de liberté et du Jugement dernier. Ses yeux s'humectent à cette pensée. Il ne va pas pleurer, pas maintenant… Dans son sac, sous l'instrument, ses doigts trouvent un bonbon au caramel glissé par sa mère. Il laisse fondre la friandise sous sa langue et s'enfonce dans l'obscurité, accompagné par le coassement des grenouilles et le chuintement des chouettes effraies. Là-bas se trouve un bosquet à l'écart de la route. Adossé à un grand chêne, il relâche enfin son attention, tente de détendre son corps meurtri. La nuit le prend et les cauchemars s'invitent. Des cris, des injures, des coups, une grosse branche horizontale… Ficelé sur une mule grise, une corde au cou, il perçoit la tape donnée sur la croupe, sent l'animal avancer, perd soudain l'équilibre. Il va se briser la nuque quand il se réveille, seul parmi les cotonniers aux feuilles velues.

Demain, il partira vers Atlanta, en train de marchandises s'il le faut, et de là il gagnera le Nord. Demain sera un autre jour, un jour dont il pourra être fier.

Jeremy

Dorothy Parkman couve son fils du regard. Le visage de celui-ci est bruni par la natation et les courses d'aviron sur la Charles River avec d'anciens condisciples de Harvard. Elle aime ses cheveux, un peu trop longs certes, ses prunelles fiévreuses, perçantes parfois, ce mouchoir bleu myosotis qu'il arbore sur la poitrine. Les aléas du quotidien n'atteignent pas son Olympe, il ne paraît jamais fatigué, triste, désabusé. Elle aime ce côté authentique, rebelle, allié à une excellente éducation. Son fils demeure sa plus grande réussite, sa raison de vivre depuis la perte du petit Andrew. Il y a bien ce caractère trop aventureux, ce besoin téméraire de repousser ses limites, de prendre la vie comme une farce, mais il faut bien que jeunesse se passe, et elle est persuadée que son fils finira par rentrer dans le rang. Les portes s'ouvriront alors. Pourquoi pas une carrière politique ? La Chambre des représentants, la Cour suprême, voire la Maison-Blanche ? Il a la carrure et l'intelligence nécessaires, et le charisme, bien sûr. Il affole les femmes et, chose plus rare, conquiert aussi les hommes.

— Maman, passe-moi la sauce à l'aneth, s'il te plaît.

Dorothy lui sourit ainsi qu'à celle qu'elle considère déjà comme sa belle-fille, Rosemary Saltonstalls.

— Que penses-tu de ce nouveau music-hall dont on parle à Londres, *Chin Chin Chow* ? Crois-tu qu'il ait une chance de se produire à Broadway ?

Dorothy déplorait qu'à Boston le music-hall passe pour un spectacle licencieux et vulgaire. Elle partait à New York dès qu'elle le pouvait assister à un show.

Jeremy n'en sait rien et s'en moque comme de son premier flirt. À table, il aurait voulu parler de ce qui lui importait vraiment, l'engagement de jeunes Américains dans la guerre en Europe, par exemple. L'Amérique ne pourrait pas toujours rester neutre, indifférente au sort de la France qui se battait contre les monarchies d'Allemagne et d'Autriche-Hongrie. Grand lecteur de Henry James, le jeune homme avait applaudi au choix de l'écrivain d'opter pour la nationalité britannique en rejetant la politique étrangère de son pays. Des thèmes bien passionnants… Mais son père préférait s'emporter au sujet de l'augmentation des impôts qu'il ressentait comme un outrage personnel, une forme de mise à mort.

— Ces taxes me coupent l'oxygène. On m'étrangle…

Jeremy cachait un sourire dans sa serviette, se retenait d'évoquer le récent Keating-Owen Act qui interdisait le travail des enfants ou le passage à la journée de huit heures pour les cheminots. Deux progrès aussi considérables que tabous à la table fastueuse des Parkman.

Se tournant vers Rosemary, Jeremy ressent un mélange d'amour et de crispation discrète dont la cause lui échappe. Les deux jeunes gens s'étaient rencontrés dans le salon de Mme Van den Bilt, qui recevait tous les jeudis. D'habitude, Jeremy se dérobait à ces thés d'un autre temps, mais sa mère avait tellement insisté ! Et ce jour-là, il avait un article en tête : les mœurs de la grande bourgeoisie bostonienne. Il posait des questions d'un air détaché à l'hôtesse, une matrone dont le décolleté menaçait d'exploser chaque fois qu'elle pouffait, quand il avait remarqué une longue chevelure cuivrée qui semblait prendre feu aux dernières lueurs du jour filtrant par la fenêtre. Quelques années plus tard, en lisant les vers du poète français Guillaume Apollinaire, il se souviendrait de cette première impression :

Ses cheveux sont d'or on dirait
Un bel éclair qui durerait
Ou ces flammes qui se pavanent
Dans les roses-thé qui se fanent

Il avait attendu que l'apparition en robe de dentelle se retourne, ce qu'elle avait fait au bout d'un moment, dévoilant un front clair et bombé, des joues d'opale et des lèvres vermillon. La beauté attire immédiatement, ouvre toutes les portes, aplanit les obstacles et s'impose. Rosemary irradiait sans soupçonner l'effet qu'elle produisait.

Avec sa désinvolture habituelle, il s'était approché d'elle, avait commencé à l'entreprendre, mais en réponse à ses questions n'avait obtenu que des oui ou des non à peine audibles. Tout juste avait-il pu soutirer à la créature qu'elle venait de Baltimore, pratiquait le piano assidûment et habitait Boston chez ses cousins, qui s'étaient révélés être des amis de la mère de Jeremy. Cette pâle biographie aurait dû l'ennuyer à mourir – il fuyait les oies blanches –, mais la réserve de la jeune fille, son port de reine et ses mains délicates dont les fines veines affluaient sous des taches de rousseur l'avaient ému et intrigué. Il avait immédiatement éprouvé l'envie de la revoir et sa mère l'y avait fortement engagé. Avec l'à-propos d'une entremetteuse, Mme Van den Bilt s'était empressée de leur réciter le pedigree de la famille Saltonstalls depuis la ruée vers l'or.

— Une dynastie de banquiers. Des brasseurs d'affaires. Le dessus du panier, croyez-moi.

Jeremy avait souri, l'expression lui évoquant un véritable panier de crabes ou des *lobsters*, ces homards du Massachusetts qu'on dégustait une grande serviette autour du cou pour ne pas se tacher ! Jeremy n'avait jamais connu d'échec avec les femmes. Il les séduisait comme il respirait, sans y penser. Elles se pâmaient devant sa beauté souveraine. Il s'en amusait, menant sa vie sentimentale avec brio et discrétion. Pour lui, l'amour n'était qu'une partie de plaisir, un divertissement hédoniste qui se jouait des contraintes de la société.

Alors comment diable s'était-il retrouvé fiancé à Rosemary ? À cause de ses silences, qui l'avaient dérouté, provoqué, rendu fou d'envie de la posséder. Mutique ou presque, Rosemary envoyait son corps en émissaire, il parlait pour elle, et ce qu'en comprenait Jeremy promettait beaucoup de voluptés. Le garçon se sentait chaque jour davantage attiré par le tempérament de feu qu'il lui prêtait. Au Common, le plus ancien jardin public des États-Unis, tracé en 1634, ils se tenaient par la main et il lui confiait ses rêves, ses espoirs, ses ambitions de journaliste. Il appréciait sa compagnie – en règle générale, il trouvait les femmes plus intéressantes que les hommes. Un dimanche, tourmenté par le désir, influencé par sa mère, il avait sans trop y réfléchir proposé à Rosemary de se fiancer sur un *swan boat*, un de ces bateaux en forme de cygne qui paradaient dans le parc. Ces fiançailles, c'était la seule façon de s'arroger le corps de la jeune fille avare de baisers, de passer aux choses sérieuses. Et quoi de plus sérieux que le plaisir pour Jeremy Parkman ? La rougeur de ses joues avait répondu pour elle.

Le soir même, ils avaient couru voir le film *Naissance d'une nation* de D. W. Griffith avec Lillian Gish. La thèse raciste d'un pouvoir noir avait indigné Jeremy. Il les avait bien observés dans le Sud, ces pauvres hères de couleur. Comment ce film pouvait-il prétendre que les Noirs dominaient l'Amérique ? Rosemary n'avait retenu que l'idylle entre la belle sudiste et le valeureux nordiste. Agacé par tant de légèreté, Jeremy avait changé de sujet.

— Chérie, viendras-tu m'encourager à la régate d'aviron samedi ?

Le père de Jeremy lève la tête de son steak persillé.

— La Boston Cup ? Voilà une belle course. Tu vas la gagner, fiston !

— On verra bien, papa. Comme dit l'évêque Talbot de Pennsylvanie, l'important est de participer.

— Foutaises de catholiques, tempête l'épiscopalien Zachary Parkman. Il n'y a qu'une place qui vaille, la première.

Jeremy sourit d'un air faussement contrit.

Plus tard, il avait entraîné Rosemary dans sa chambre, l'avait fait asseoir sur son lit, l'avait embrassée dans le cou, avait humé son parfum de muguet, défait son chignon, libéré ses cheveux d'or liquide. Mais quand sa main s'était glissée dans son corsage, elle s'était cabrée.

— Jeremy, ce n'est pas convenable. Nous ne devrions pas nous trouver seuls ici, pas comme ça.

De dépit, Jeremy avait manqué de boxer le mur. Quand Rosemary ouvrait les lèvres, c'était pour les lui refuser, sans parler du reste. À quoi bon être fiancés si elle le privait de la moindre caresse ?

En descendant l'escalier, il avait perçu la voix de son père dans le hall.

— Montre-leur qui tu es, fils. Un Parkman, ça monte sur la plus haute marche du podium.

Jeremy avait claqué la porte de la maison de Beacon Hill. Qu'ils aillent au diable ! Qu'avaient-ils tous à le harceler ? Il s'était dirigé vers l'un de ces lieux discrets où l'on sait accueillir un homme, lui ouvrir les bras, lui faire oublier ses soucis.

Arabella

La maison est silencieuse. Arabella pose le recueil tout corné de Keats dont elle peut réciter des pages entières, galvanisée par l'âme romantique du poète et sa vision enchantée de la nature. Comment ne pas succomber au charme d'un génie mort à vingt-cinq ans ? Cette semaine, c'est la quatrième fois qu'elle sort en catimini retrouver la bande au champ du Bout du Monde. Un lopin de terre éloigné de tout, où les bottines s'enfoncent dans le sol meuble, où le vent mugit quand les tornades, la malédiction locale, déboulent de l'horizon aplati. Mais les jeunes y sont tranquilles. Pas un adulte en vue pour leur faire la leçon. Ça buvait sec, gin et whisky apportés par les garçons ; ça fumait, sauf Arabella, qui redoutait que sa mère ne flaire l'odeur de cigarette dans sa chevelure ou ses habits. Il y avait toujours une guitare, un banjo, et l'on dansait jusqu'à l'aube autour d'un feu de bois. À l'écart du groupe, Arabella ondulait sensuellement, mais les regards la rattrapaient vite.

— Arabella, tu planes ! Tu vis sur un nuage…

— Il y a des éléphants là-haut ?

Suzan s'était répandue sur la réaction d'Arabella à la mise à mort de l'animal. Les autres aussi avaient assisté à l'horrible spectacle, mais sans le condamner, excités plutôt par l'événement qui rompait la monotonie d'une bourgade trop tranquille. Pourtant elle se réjouissait de se retrouver parmi des jeunes gens de son âge, à oublier, à danser, à rêver l'avenir. Car il s'était passé quelque chose la semaine dernière, ou plutôt quelqu'un. Un ami de Suzan avait amené son cousin au champ du Bout du Monde, un certain Rodney, étudiant en sciences politiques. Un gaillard aux cheveux drus et au sourire enjôleur, galbé comme un *quarterback*, ces attaquants d'un football qui commençait à prendre de l'essor dans le pays. Arabella n'avait pu cacher son trouble.

Ses parents s'inquiétaient, mais en règle générale, Arabella se tenait à distance des garçons. Un jour, un seul, un butor avait réussi à lui voler un baiser visqueux à la sortie de l'école. Elle s'était juré de ne pas renouveler l'expérience. Ce grand amour auquel elle aspirait depuis l'enfance, elle savait qu'elle ne le trouverait pas parmi les boys de Kingsport, encore moins chez les patients du vieux Garfield, des hommes mariés qui tentaient leur chance, cherchaient à lui arracher un rendez-vous ou à lui pincer la taille. À trente ans, quarante ou même cinquante ans, certains ne doutaient de rien !

Autour d'un feu de fortune les jeunes dévorent des *s'mores*, ces marshmallows nappés de chocolat, une bouteille de whisky circule et avec elle des conversations de plus en plus animées. Arabella regarde les flammes danser quand Rodney vient s'asseoir à ses côtés. Sa chemise blanche, ses chaussures cirées détonnent parmi les débardeurs et les bottes crottées.

— Tu es bien silencieuse.

La voix grave du garçon déclenche une onde de plaisir au bas de ses reins.

— Pas facile de manger des marshmallows et de parler en même temps, vois-tu !

Des yeux couleur de lavande d'Arabella, le regard de Rodney glisse sur ses jambes fuselées mordues par le reflet des flammes. Ils esquissent un pas de danse, reprennent en chœur des vieux refrains du Sud, dont le célèbre *Dixie.* Avec lui, Arabella retrouve un peu de l'exubérance, de la joie enfuies depuis la mort de l'éléphant. Pour Rodney, l'enjeu est tout autre. À son âge, le désir le tenaille, l'aveugle. « Pas d'autre traitement que le mariage », aime à plaisanter son père. Ce qui n'amuse pas l'étudiant à la recherche de sensations fortes.

— Arabella, il y a une fête dans mon immeuble, lui dit-il à l'oreille. J'ai promis d'y passer. Tu viens ?

— Oui, pourquoi pas ?

Situé près du local à poubelles, l'escalier étroit pue atrocement, mais la jeune fille sent son cœur battre, le rire infuser dans sa gorge. Elle se voit si mûre tout d'un coup, comme si on l'avait déliée d'entraves invisibles. La porte s'ouvre sur une pièce aux lueurs tamisées par les vapeurs d'alcool et la fumée. Certains convives affichent la trentaine, le double de l'âge des adolescents qu'elle vient de laisser au champ du Bout du Monde.

Rodney la fait virevolter et lui ressert un verre.

— Tu es si belle, lui susurre-t-il à l'oreille. Comment se fait-il que nous ne nous soyons pas rencontrés avant ?

Arabella part d'un rire suave et rauque et se laisse guider vers le couloir sombre. Elle n'a pas l'habitude de boire autant, elle se sent cotonneuse, comme si elle lévitait au-dessus de son corps, incapable de fixer ses pensées, étonnée de se retrouver dans cette pièce à l'écart où vestes et chapeaux s'entassent sur un lit. Soudain Rodney se jette sur elle, l'embrasse comme s'il allait la dévorer, fourre une main sous sa jupe, tire sur ses dessous, la pousse sur l'édredon. Elle se débat, croit défaillir, le garçon l'écrase de tout son poids. Elle voudrait crier mais il plaque son visage contre le sien et lui mange la bouche.

— Que se passe-t-il ici ?

Cette voix si familière… C'est celle de John, son frère. Comment est-ce possible ? Dans la panique, Arabella ne sait plus si John est venu la sauver ou la punir.

Rodney décampe de la pièce. Arabella rabat maladroitement ses vêtements.

— Qu'est-ce que tu fiches là, seule avec ce garçon ? hurle John avec les mêmes accents que son père.

Et lui, que fait-il ici à une heure si tardive ? se demande Arabella, sans oser poser la question.

— Je peux t'expliquer, John. On s'amusait bien… Et puis…

— Depuis quand découches-tu ? Pécheresse, tu seras damnée ! Heureusement que mon copain Bill est venu me chercher quand il t'a vue. Je suis arrivé à temps…

— Écoute, Johnny…

— Il n'y a pas de « Johnny » qui tienne. Je te raccompagne chez les parents tout de suite. Je ne veux rien entendre.

Arabella sent la peur l'envahir. Dans la rue, elle doit presque courir pour rattraper son frère, qui fonce devant, le pas mécanique, poings et mâchoires serrés. Elle ne l'a jamais vu écumer ainsi, même lorsqu'elle s'amusait, gamine, à glisser des souriceaux dans son chapeau avant l'office du dimanche. Alors qu'ils arrivent au carrefour devant la demeure des Cox, John lui saisit le poignet avec force.

— Tu ne perds rien pour attendre, crois-moi.

— John, je t'en supplie. Écoute-moi…

Au son de leurs voix, une lumière s'allume sur le seuil de la maison. Joseph Cox se dresse de toute sa hauteur devant la porte d'entrée.

— Qui est-ce ? Passez votre chemin.

— Papa, c'est John.

— John ? Mais que fabriques-tu là, fiston ?

Quand il reconnaît Arabella, il s'arrête, stupéfait devant ses vêtements froissés, ses cheveux en désordre.

— Malheureuse, où étais-tu ?

— Avec un type, voilà où elle était, la roulure ! crache son frère.

Jo Cox se précipite sur sa fille et la gifle violemment.

— Avec un homme ? Créature impudique, soumise à la luxure. Je vais te faire passer l'envie, moi, espèce de…

Arabella vacille sous une autre claque, plus sonore que la précédente. La silhouette chétive de sa mère, réveillée par les cris, se découpe sur la véranda. Cox lève une nouvelle fois la main sur sa fille, mais John s'interpose en mesurant la terreur de sa mère.

— Je crois qu'elle a compris, papa.

— Rien compris à la loi de l'Évangile, tu veux dire ! C'est une abomination. Tu n'es plus ma fille, tu n'as plus ta place ici.

Arabella tremble, un goût de sang dans la bouche.

— Pa, c'est lui qui…

— Lisbeth, prépare sa valise ! lance le père Cox à sa femme.

Les mains croisées sur la gorge, comme si elle cherchait à en extraire des mots prisonniers, la mère d'Arabella reste prostrée.

— Dépêche-toi, Lisbeth ! hurle Cox. Et remplis-la bien, cette valise. Cette traînée n'est pas près de remettre les pieds dans notre maison.

Arabella regarde ses parents. Ils la chassent de chez elle ! Pour aller où ?

— Papa, c'était une erreur ! plaide la jeune fille effrayée. Rappelle-toi saint Paul : « Là où le péché abonde, la grâce surabonde. »

D'où lui vient cette phrase ? Sûrement pas de son père, qui fustige la moindre faute et s'absout des siennes avec une aisance déconcertante. Elle se sent soudain misérable, souillée par les mains d'un homme sur sa peau.

Les larmes lui montent aux yeux devant la valise que son frère arrache des mains de sa mère liquéfiée.

— Tu n'es plus sous notre responsabilité, vocifère son père. Nous en avons fini avec toi.

Il rentre dans la maison en houspillant sa femme. Arabella connaît la suite : ils s'agenouilleront dans le salon pour chercher la lumière divine. Il est tard, très tard. Elle vient d'être renvoyée de la seule maison qu'elle ait jamais connue.

— Allez, suis-moi, maugrée John, dont la colère est retombée. Tu ne vas pas dormir dans la rue.

Il l'emmène chez lui, un deux-pièces modeste à l'autre bout de la ville qu'il loue depuis deux ans, où leurs parents ne mettent jamais les pieds.

Ils forment un drôle de duo, elle refrénant des sanglots, lui perdu dans ses pensées.

Il lui laisse son lit et prend le fauteuil. Demain, ils aviseront.

Kid

Il l'avait noté sur le carnet qui ne le quittait pas : vingt-huit jours qu'il avait fui sa ville, presque un mois, et il en était changé pour toujours. Kid avait enduré la soif, rêvé de pain à la banane, voyagé à pied, en carriole, au fond d'un train de marchandises. Le pécule de dix dollars donné par sa mère avait fondu. Il ne mangeait du pain que le soir, se contentant de glaner mûres, myrtilles et prunes dans la journée. En un sens, il avait eu de la chance. En chemin, certains Noirs l'avaient invité à partager un repas ou un bout de couverture, sur leur couche, à même le sol. Mais les ennuis ne l'avaient pas lâché. Plus d'une fois, des types l'avaient traité de « sale nègre » et, pour tout arranger, il s'était blessé au pied, un clou ayant percé sa fine semelle. Avec cette plaie qui s'infectait, comment gagner Saint Louis, à neuf cents kilomètres de là ?

D'habitude, il dort le jour et marche la nuit, à cause du soleil qui calcine tout sur son passage. À cette heure, l'astre ressemble à un œuf sanglant.

En quête d'ombre, l'adolescent s'étend sous des branchages et ferme les yeux. Il rêve de pluie, de gouttes tièdes sur son visage, grosses comme des prunes.

— Hé, gamin, tu es mort ou quoi ?

Kid sursaute face à l'individu trapu au poil roussâtre et au chapeau poussiéreux qui pisse à côté de lui. Les gouttes dans son rêve étaient bien réelles ! Dégoûté, il se redresse, prêt à en découdre avec le malotru.

— Tout doux, Blackie. Excuse-moi, je ne t'avais pas vu. Que fabriques-tu sous ces branches ?

— Je cherchais à me protéger du soleil, monsieur.

— Pour cela, rien de mieux qu'un Stetson, crois-moi. Comme dans l'Ouest.

— Vous connaissez ?

— Qui ? Quoi ?

— L'Ouest.

— Comme ma poche ! J'ai travaillé sur le chemin de fer entre San Francisco, Los Angeles et Las Vegas. Pénible, mais j'aimais ça. On voit du pays.

— Et c'est comment, là-bas ? s'enhardit Kid.

— Grandiose, fiston ! Si tu voyais le Grand Canyon, ta mâchoire se décrocherait. On y a fait venir le train en 1901. Imagine une gorge de quatre cent cinquante kilomètres de long, le Colorado qui roule ses flots entre deux rives de terre rouge, des murs de vertige, un sillon de titan, un abysse gigantesque et tous ces sédiments…

Kid dévisage ce curieux interlocuteur. Son lyrisme contraste avec sa redingote élimée, son poil mal rasé, ses ongles noirs. Décidément, les types croisés sur la route avaient tous un grain. La solitude, sans doute.

— Au fait, je me présente : Theodore Dietrich. Tu peux m'appeler « Theo ».

— Moi, c'est William Vernon, mais « Kid » me va bien.

L'homme prend ses aises et défait ses chaussures. Un fumet nauséabond monte de ses chaussettes trouées.

— Que dirais-tu d'une grillade ? J'ai trouvé de la viande ce matin.

Kid en salive d'avance. Depuis quand n'en a-t-il pas mangé ? Il clopine, à la recherche de menu bois.

— Tu es blessé ?

Kid montre la plante de son pied bleuie et tuméfiée. Le type sort un tube de sa besace.

— Badigeonne-toi avec cette crème. Il faut soigner ce truc.

Tout en dévorant son carré de bœuf, Kid raconte l'incident avec la femme blanche à Erwin et la traque dont il est victime.

— Alors tu te planques comme tes ancêtres ? Les anciens esclaves noirs se cachaient dans les grottes par ici.

— Je pars dans le Nord tenter ma chance.

— En Europe, continue Theo, des Noirs américains se battent comme des lions en ce moment. Quand ce pays entrera en guerre, et c'est l'affaire de quelques mois, ils seront des milliers, tu verras.

— Mais je ne veux pas faire la guerre. Je veux jouer de la musique.

À la fin du repas, Kid sort sa clarinette de son sac. L'homme allume sa pipe et écoute le répertoire du garçon. Du ragtime, le *Mississippi Rag* de William Krell, des morceaux de Scott Joplin.

— Tu es doué, gamin. Tu pourrais te faire de l'argent dans le Nord. On raffole des airs africains à New York. Le fox-trot, le cake-walk, les *coon songs*, James Reese Europe, le chef d'orchestre, tout cela te dit quelque chose ?

Kid secoue la tête, un peu honteux de son ignorance. Mais il connaît les notes, leurs envolées gracieuses, la liberté, la volupté, la gratitude qu'il éprouve quand il joue, ce rythme, cette émanation de l'âme, qui l'emmènent si loin. Il ne pourrait vivre sans musique, mais de là à en faire son métier ! Il joue sans technique, à l'intuition, avec un sens du tempo non pas « biologique », comme le prétendent les politiciens racistes, mais travaillé dès son plus jeune âge avec le banjo.

Theo raconte alors Manhattan, les cabarets où Blancs et Noirs se mêlent en cachette, cette musique qu'on entend partout, qui emprunte à l'Afrique et à l'Europe pour se réinventer sur les bords de l'Hudson. Kid s'endort, un sourire aux lèvres. À son réveil, il se retrouve seul sous le ciel couleur de pêche. Il se relève, furieux contre lui-même et Theo, qui a profité de l'obscurité pour s'enfuir sans le saluer.

— Alors, gamin, bien dormi ? Je te présente Bobby.

Au-dessus d'eux, le ciel est rose comme les joues d'un nouveau-né.

C'est Theo, perché sur une charrette attelée à un cheval gris.

— Waouh ! crie Kid. C'est fantastique. Mais je ne peux pas payer, si…

— Qui te parle d'argent ? Monte. On va faire la route ensemble.

Ainsi débute leur voyage à travers chemins, plaines, vallons et marécages au rythme de Bobby, une brave bête facile à manœuvrer. Ils chassent écureuils et oisillons pour leur dîner, dorment l'un à côté de l'autre, ronflant de conserve. Ils traversent des villages perdus, recouverts de poussière et de silence. Dans leur dos, les regards se font lourds : un Blanc et un Noir cheminant ensemble dans ces contrées, c'est louche.

S'éloignant du Sud, Kid n'apprendra jamais ce qui s'était passé à Erwin après sa fuite. Des hommes avaient investi sa maison. Ne le trouvant pas, ils en avaient saccagé l'intérieur. Sa mère avait été violée, jetée à terre, rouée de coups devant ses enfants. Elle s'était relevée sans un mot, en leur faisant jurer de ne jamais évoquer cet « accident ». Depuis, elle s'enfermait peu à peu dans le silence, petite bougie dont la flamme vacillait.

Un jour, au fin fond du Kentucky, Theo et Kid tombent sur une gare modeste griffée par les ronces, en apparence désaffectée, mais d'où sort un type au ventre en forme de barrique, aimable comme une porte de prison.

— Qu'est-ce que vous cherchez, vous deux ?

— Rien que le prochain train, répond Theo.

— Dans cinq heures.

Les deux voyageurs suivent des yeux les rails scintillant sous le soleil. On dirait un immense fil de soie pondu par une araignée géante.

— Que va-t-on faire de Bobby ? demande Kid. On ne peut pas le mettre dans le train.

— Le vendre à un habitant du patelin. Allons boire un verre, on trouvera bien un type intéressé par un canasson.

Ils continuent jusqu'au village et s'installent dans l'unique bar de la grande rue, déserte à cette heure. Derrière le comptoir, une jeune serveuse astique la pompe à bière. Sa poitrine juste éclose, blanche et ferme, se soulève au rythme du torchon qui va et vient sur le métal cuivré.

Gêné, Kid détourne pudiquement les yeux du spectacle. Mais Theo en profite pour lorgner dans le chemisier de la fille au moment où elle pose une bouteille de gnôle devant lui.

— Je lui ferais bien des trucs, moi, à cette demoiselle…, chuchote-t-il à l'adresse du garçon qui feint de ne pas comprendre.

À son quatrième verre de whisky, Theo ressemble à un sphinx aux traits lourds, à la paupière tombante.

— Laisse-moi ici un moment, petit, lâche-t-il d'une voix pâteuse. Je vais piquer un roupillon avant de prendre le train.

— C'est la meilleure façon de le rater. Et puis il faut trouver un acheteur pour Bobby. Passe-toi la tête sous l'eau et suis-moi.

— Impossible, Kid, lâche Theo avant de s'affaler sur une banquette et de fermer les paupières.

Kid repart pour la gare dans un concert d'insectes qui bruissent dans les arbres et l'air épais. L'orage menace, l'heure avance, et Theo n'arrive pas. Bientôt un filet de fumée s'élève à l'horizon au-dessus de la vapeur jaune du désert. Un convoi d'une dizaine de wagons s'arrête dans un crissement d'enfer à la station. Kid saute dans l'un d'eux, s'assoit sur le plancher jonché de paille réservé aux bestiaux. Theo ne s'est pas réveillé, il continuera sa route avec Bobby et peut-être la jeune serveuse. Titubant de jeunesse et de solitude, Kid se sent abandonné par le seul Blanc qui se soit jamais intéressé à lui.

Jeremy

Tout s'était précipité. Il avait d'abord rompu avec Rosemary Saltonstalls. En quelques mois, sa relation avec la jeune fille s'était détériorée. Le mutisme dont elle s'habillait, si charmant, si tentateur au début, était devenu plus pesant au fil des semaines. La gêne avait culminé lors du bal chez les Winthrop. Pendant cette soirée, la plus mondaine de l'année à Boston, Jeremy avait dansé avec une ancienne flamme, Lucie de Perkins. Irrésistible dans sa robe de soie grège, la jeune femme s'esclaffait à chaque blague de son ex-*boyfriend*, le serrant de près, lui chuchotant dans le cou. Ce spectacle avait fortement déplu à Rosemary qui, le champagne aidant, avait retrouvé sa langue.

— Vous devriez avoir honte. Vous exhiber ainsi !

Et elle avait fait le geste de jeter la bague en diamant qu'il lui avait offerte. Rubiconde, échevelée, sa fiancée lui était apparue moins belle tout d'un coup, presque ordinaire. Prétendait-elle régenter son passé, l'empêcher de voir qui il souhaitait, entraver sa liberté, sa fantaisie ? La vérité lui était apparue dans sa cruauté : avec elle, il s'ennuyait. Jeremy se sentait dépérir avec Rosemary Saltonstalls, et cet esclandre grotesque ne venait même pas rompre la monotonie de leurs jours ensemble. Depuis des semaines, elle ne parlait que du mariage prochain, de la longueur de la traîne, de la future chambre d'enfant, et chaque fois le cœur de Jeremy se serrait à l'idée que cette union le priverait de parcourir le monde, d'accumuler expériences et sensations. Le soir du bal chez les Winthrop, il l'avait raccompagnée chez elle sans un mot avant de s'interroger toute la nuit. Pourquoi avoir accepté un lien qui lui pesait ? Pour complaire à sa mère, par respect des convenances établies dans son milieu, bien sûr. Mais il ne pouvait continuer ainsi, il ne se voyait pas fonder une famille, pas dans l'immédiat en tout cas. Dès le lendemain, il avait rompu et s'était senti soulagé, malgré les cris, les pleurs et la prétendue syncope de la jeune fille. Mortifiée, sa mère s'était inquiétée de la réaction de ses amies. Mais son père l'avait surpris par une petite phrase :

— Tu n'as rien à regretter, crois-moi.

Dans sa bouche, c'était presque un compliment.

Bientôt la marche du monde les avait rattrapés et personne n'avait plus pensé à ces fiançailles. Il y avait d'abord eu l'abdication du tsar et la révolution en Russie ; le pays tout entier semblait basculer vers quelque chose de terrible. Puis, après trois ans de neutralité, les États-Unis étaient entrés en guerre contre l'Allemagne le 6 avril 1917, confirmant les vues de Jeremy, convaincu qu'un pays d'immigrants comme le sien ne pouvait abandonner le Vieux Continent à son sort.

Le jeune homme ronge son frein devant les bureaux de recrutement pris d'assaut. La vie du journal lui semble insipide. Il dédaigne les conférences de rédaction, fuit les rotatives, évite les sorties avec les collègues. Aux premiers morts américains de l'autre côté de l'Atlantique, il revient à la charge auprès d'Irving.

— Quand vas-tu te décider à m'envoyer en France ?

— J'ai besoin de toi ici, lâche le rédacteur en chef.

— Mais c'est là-bas que ça se passe ! Je ne peux pas rester les mains dans les poches quand les *Doughboys*[1] se battent !

Après de longs mois et un hiver bostonien interminable, il se décide à parler à ses parents au printemps 1918.

— Père, mère, je dois vous annoncer mon départ…

— Où pars-tu ? demande sa mère en pâlissant.

— En France, comme correspondant de guerre pour le *Chicago Tribune*, puisque le *Herald* refuse de m'accréditer.

— Mais pourquoi veux-tu rejoindre ce bourbier, fils ?

— Je ne peux pas rester ici à me la couler douce quand les autres se battent dans des tranchées !

---

1. *Doughboys* : les soldats américains sont surnommés ainsi à cause de leurs boutons de vareuse qui, pendant la guerre de Sécession, ressemblaient à des beignets (*doughnuts*).

— Tu vas te faire trouer la peau, tonne Parkman. Tu te crois indispensable ? L'armée américaine n'a jamais eu affaire qu'aux Indiens, aux Mexicains et aux Espagnols. Elle manque d'expérience au combat.

— Je ne combats pas, père, j'observe et je fais partager mes impressions. L'Administration, qui sait l'influence des journalistes, nous offre les meilleures conditions pour travailler.

Dorothy quitte la table, pâle comme un cierge.

— La guerre ne durera plus, maman. Je rentrerai vite.

Les jours filent dans un cortège d'au revoir, de recommandations, d'achats effectués par Dorothy ou ses gens de maison : pulls chauds, chaussettes en laine fourrées pour le fils adoré, sans compter gigots ou rôtis prescrits à tous les repas, comme s'il allait mourir de faim là-bas, dans cette lointaine et sauvage Europe. Au cinéma, Charlie Chaplin, Douglas Fairbanks et Mary Pickford appellent à s'engager contre les troupes du Kaiser et confortent Jeremy dans sa décision.

Le jour de son départ, Jeremy a la surprise de trouver Rosemary à la gare. Ravissante, comme toujours, et pour une fois éloquente, elle arbore ostensiblement un majestueux solitaire à sa main. Cadeau d'un avocat de dix ans son aîné qui espère bien s'en faire rembourser par une union durable.

— Je suis ravi pour toi, Rosemary, sourit Jeremy. Tu mérites un beau mariage.

— Reviens vite et prends soin de toi.

Jeremy promet d'écrire, sans avoir l'intention de le faire. Un instant, étrangement, la vision météorique d'une jeune sudiste lui traverse l'esprit. Arabella, la fille aux yeux de saphir, l'amoureuse des éléphants. Il aurait bien correspondu avec elle, mais il ne lui avait même pas demandé son adresse après l'exécution de Mary dans le Tennessee, et puis elle s'était montrée si rétive qu'elle l'avait sans doute oublié.

La mort d'un éléphant, c'était bien triste, mais peu de chose comparé aux millions de tués dans les armées françaises et britanniques saignées par presque quatre ans de combats. Jeremy allait se rapprocher des marines, ce corps qui avait fait toutes les guerres, celle de Sécession, la campagne au Nicaragua, le siège de Veracruz, l'occupation de la République dominicaine. S'imaginant en si glorieuse compagnie, il entend à peine les derniers mots de ses parents.

— Fais attention à toi, fiston.

— Sois prudent, mon chéri.

Le train qui s'élance dans un grondement de turbines et de pistons puis le bateau s'arrachant à l'embarcadère scandent le début de sa nouvelle vie. Accoudé au bastingage, le visage fouetté par les embruns, bercé par l'eau soyeuse, Jeremy respire à pleins poumons pour la première fois depuis des mois. Il a enfin rendez-vous avec son destin !

Arabella

Évidemment, la cohabitation avec John avait vite tourné à l'épreuve de force. D'enfant ordonné, le frère d'Arabella avait viré au vieux garçon maniaque. Interdiction d'utiliser ses serviettes de toilette ! Il ne supportait ni la musique ni la danse, rationnait le sucre et se couchait à vingt et une heures, sauf les week-ends, où il sortait on ne savait où sans jamais proposer à sa sœur de l'accompagner. Heureusement, il y avait Suzan, chez qui Arabella s'échappait pour oublier l'hostilité de son aîné et le silence de ses parents, informés qu'elle vivait chez son frère mais qui n'avaient pas pris de ses nouvelles pour autant.

— Tu sais, lui dit Suzan un soir, j'ai rencontré Marjory Greenbolt. Tu ne devineras jamais…

— Non, en effet, s'amuse Arabella.

— Elle s'engage à la Croix-Rouge. Direction Paris.

Arabella savait que des filles de la « haute » comme Marjory levaient des fonds, s'enflammaient pour la patrie, mais ignorait que des milliers de futures *nurses* travaillaient volontairement pour la Croix-Rouge depuis 1917. Et si elle se renseignait, elle aussi ? Après tout, elle préparait un diplôme d'infirmière et il lui tardait de faire ses preuves. Elle s'ennuyait, à ne soigner que de simples bobos chez le Dr Garfield. Et à l'hôpital, les médecins ne lui laissent aucune initiative. Comme tout le monde, elle connaît l'histoire de Julia Catlin Park Taufflieb, la richissime New-Yorkaise qui a aménagé son château près de Paris en hôpital pour les soldats américains. Le président français, un homme dont elle a oublié le nom, l'a récemment décorée de la Légion d'honneur. Pourquoi ne pas tenter aussi l'aventure ? Personne ne la retient dans le Tennessee depuis que les siens l'ont bannie. John serait sûrement ravi de la voir décamper, elle et ses mauvaises habitudes, en particulier celles de se lever à midi le week-end ou de chanter à tue-tête à minuit. Et, trop content de se débarrasser d'elle, son père lui accorderait sûrement l'autorisation de s'engager avant sa majorité. Après s'en être assurée par le biais de son frère, elle avait téléphoné à la Croix-Rouge : on recrutait à tour de bras, il suffisait d'effectuer un stage à New York. Cela tombait bien, elle brûlait de découvrir Manhattan.

Aux heures où son père travaillait à son cabinet de comptable, elle était allée dire au revoir à sa mère et retirer le précieux papier signé par son géniteur.

— Soulager la douleur des soldats est louable, mais je m'inquiète pour toi, ma fille.

En étreignant Lisbeth, Arabella avait senti sa poitrine osseuse, ce souffle court de phtisique, cette fragilité qui la caractérisait et confinait à la faiblesse. Elle éprouvait de la culpabilité à la laisser seule avec un homme aussi dur que Joseph Cox.

— Je ne risque rien, maman. Nous sommes à l'arrière dans un hôpital.

— Mais tous ces hommes ? Et sans chaperon pour t'en éloigner ? À New York, tu logeras chez mon amie Elizabeth, je vais la prévenir. Je crains pour ta vertu en ces temps barbares.

Arabella s'était retenue d'éclater de rire. Le monde était à feu et à sang et sa mère se souciait de sa virginité ! Cocasse et dérisoire.

— Tiens, ma fille, c'est pour toi, fais-en bon usage, lui avait soufflé Lisbeth en lui tendant un portefeuille.

Arabella y avait découvert une liasse de billets, plus de trois cents dollars.

— Mais c'est énorme, maman !

— J'ai économisé, ma fille, petit à petit. Ton père ne doit rien savoir.

— Comme il ne veut rien savoir de moi, cela tombe bien.

— Je t'écrirai là-bas. N'oublie pas de faire de même. Chez ton amie Suzan, c'est plus sûr.

Arabella était sortie bouleversée par ce moment d'intimité volé, heureusement surprise aussi car l'argent donné par sa mère et la promesse d'une correspondance secrète montraient que Lisbeth pouvait s'affranchir de la tyrannie de Joseph Cox.

Le jour de son départ, Suzan n'avait pu retenir ses larmes.

— Fais des bêtises pour moi, sœurette, gémit son amie. Et obligation de tout me raconter, dans les moindres détails.

Le train s'ébranle, s'enfonce dans les forêts, les plaines, traverse ce qui ressemble à des déserts sans fin. L'Amérique est un songe, un espace mental autant que physique. À côté d'elle, dans la pénombre, les voyageurs ont l'air d'ombres chinoises. La lune jette bientôt une épingle de lumière sur les buissons environnants et cette terre d'un noir affligeant. Les heures défilent, hachées par les arrêts en gare. Derrière celle de Nashville, les traces du terrible incendie qui a consumé des milliers de maisons en bois sont visibles malgré la nuit. Des quartiers entiers ont été rasés. On dirait que la guerre s'est transportée ici. Quand le train repart, Arabella ferme les yeux sur ce spectacle de mort. Elle et ses dix-neuf printemps attendent Manhattan, la beauté, la culture, la connaissance, avec une immense faim d'aimer.

Kid

Tout de suite, il s'était senti revivre à New York. Il avait trouvé une chambre à Harlem sur la 135e Rue, et même un job. Vendre des journaux à la criée l'avait familiarisé avec la géographie de la ville. Il sillonnait Manhattan, fasciné par les gratte-ciel qui défiaient la gravité et tutoyaient les nuages. Si le Tennessee se signalait par une touffeur extrême, ici à New York il respirait à pleins poumons, les vents iodés de l'Atlantique le vivifiaient, la lumière diffractée électrisait son regard. Il semblait découvrir le monde pour la première fois, et de fait, c'était le cas. Il marchait sans fin, la tête en l'air pour admirer les cieux couleur fusain et les ruades des nuages. Il appréciait spécialement Harlem, ce village d'immigrants venus des Antilles, de Chine et d'ailleurs, où les Blancs résistaient encore à l'installation progressive des Noirs. Sur les trottoirs flottait l'odeur de patate douce de son enfance. Et cette musique qui entrait partout sans prévenir, dans le gospel des églises, le blues, le ragtime, le jazz.

Tous les soirs, au grand dam de ses voisins, Kid sort sa clarinette et joue à l'oreille, pour son plaisir. Il chante aussi, d'une belle voix de baryton, *Darktown Strutters' Ball*, un air récent qui ferait danser un mort, ou *Lift Every Voice and Sing*, devenu l'hymne des Noirs dans tout le pays.

Un soir, ses pas le guident au Clef Club, en face de l'hôtel Marshall's. Carrefour de toutes les aventures, l'établissement appartient au fameux James Reese Europe, surnommé « Big Jim » en raison de sa carrure imposante. Theo, son compagnon de voyage, lui en avait parlé. À trente-sept ans, Big Jim, qui passe toutes les nuits dans son club, fait déjà figure de légende. En 1912, il a créé le premier orchestre noir dans la Garde nationale du pays, le 15e bataillon de New York. Il n'y avait pas d'armes pour les *niggers* et les hommes s'entraînaient avec des bâtons en guise de fusils. La même année, il avait joué pour la première fois avec un orchestre entièrement noir au Carnegie Hall, un événement considérable, même à New York.

Dès l'entrée de la boîte, Kid oublie tout, subjugué par l'ambiance. Est-ce le blues, les verres qui s'entrechoquent, la fumée des cigarettes, le rire perlé des femmes ? Bientôt il y retourne tous les soirs. Un jour, la chance lui sourit, il faut remplacer un musicien malade. Peut-il accompagner un classique irlandais, *The Bluebell Polka* ? Kid s'empare d'une clarinette – il y a toujours des instruments sur l'estrade – et commence à jouer. Ses doigts courent sur les clés en nickel, le public lève les yeux, étonné par l'adresse et le toucher du petit nouveau. Kid, qui « sent » instinctivement la salle, s'enhardit, son corps épouse les accords, enfante des notes. Tous les regards sont désormais braqués sur lui, captivés, ravis. Il a trouvé sa voie, son univers. Pendant une semaine, il s'initie à l'improvisation collective, découvre le plaisir et l'émulation du groupe, déchiffre les réactions de la salle. La scène, c'est tout un art, il faut savoir s'effacer, laisser les autres briller, pour mieux s'imposer, flamber, aux limites de l'extravagance. Les filles virevoltent autour de lui, touchant leurs cheveux ou faisant ondoyer leurs robes de soirée.

— Alors, il paraît que tu es la nouvelle sensation de mon club ?

Kid reconnaît tout de suite James Europe à sa haute stature, à ses yeux noirs un peu proéminents derrière des lunettes rondes.

— Je ne dirais pas ça, monsieur Europe. Mais je suis heureux de jouer, pour sûr.

— Tu es un sacré musicien, petit. Et pas de « monsieur Europe » entre nous, veux-tu ? Allons boire un verre.

Quand ils se dirigent vers le bar, l'assistance semble s'ouvrir comme une haie d'honneur. Kid ne peut s'empêcher d'éprouver une sorte de fierté à trinquer avec le mythe Big Jim. Son *band*, le Clef Club Orchestra, riche de cent vingt-cinq membres, tous noirs de peau, interprète des chansons du temps de l'esclavage, des *spirituals*, dont on a sorti des disques qui s'arrachent sur la côte Est. C'est au sein de cet orchestre que le mot « jazz » est né.

— Notre musique ne ressemble à rien de connu, explique Big Jim. J'ai basé mon succès sur la musique qui fait partie de notre être, à nous les Noirs. C'est un produit de notre âme[1]. Chacun doit savoir jouer de plusieurs instruments. Il faut être musicien, mais aussi danseur, comédien.

Le whisky réchauffe agréablement le palais de Kid, qui boit aussi les paroles de Jim.

— Ça te plairait de nous rejoindre ? Clarinette, banjo ou guitare. On joue samedi.

Kid sursaute de joie.

— Oui, bien sûr.

C'est ainsi que tout débuta, que Kid découvrit la magnificence de l'orchestre. Des types de tous âges, bâtis comme des chênes ou fins comme des roseaux, tous soudés dans le sentiment de vivre une aventure inouïe. Ils l'avaient accueilli avec curiosité et bonhomie avant de le guider dans le désordre de la loge. Pour l'instant, on répétait, inlassablement. En attendant le week-end prochain, le grand bain, ce que Kid appréhendait un peu.

— Ça va aller, l'artiste, plaisante Richard, un gars du Tennessee, comme lui. Tu dois traverser les murs avec ta musique.

— J'ai peur de louper une note. Ou pire, de jouer faux.

— Tu veux mon secret ? Un petit verre de scotch avant d'entrer en scène.

Le jour J, Kid avale son petit verre, vomit dans les toilettes, mais ce désagrément lui permet de se purger de sa peur. L'orchestre lui apparaît vite comme un pack de loups dont les crocs seraient les instruments, dressés devant le public. Dès les premiers

---

1. Citation exacte de James Europe, dans Maurice Peress, *Dvorak to Duke Ellington*, Oxford University Press.

accords, il trouve sa place, comme par magie. La chanson d'ouverture évoque le Sud et les chemins de fer, le texte est évocateur, le refrain endiablé. Les spectateurs feulent de plaisir, et quand les violons attaquent, secondés par les salves de piano, Kid se laisse caresser par la houle bienfaisante soufflant de la salle. Il exécute le morceau avec dextérité, un rien d'excentricité même, tandis que le chanteur parle d'amour et de filles abandonnées. Si sa mère pouvait le voir dans cette veste noire empruntée pour l'occasion, jouant la partition devant le parterre le plus chic de Harlem ! Lui, le gamin qui marchait pieds nus, l'enfant d'esclaves, le gibier du Ku Klux Klan. Il vit désormais à Harlem, capitale noire des États-Unis, et il se sait appartenir à ce monde. Il suivra Jim Europe partout où il ira. Il s'est trouvé une autre famille.

Jeremy

Le voyage de Baltimore à Bordeaux lui semble s'être déroulé il y a des mois. Il se rappelle les cheminées rouges du bateau, les oiseaux enivrés par l'air du large. Sa cabine, luxueuse pourtant, ne le retenait pas : il aimait arpenter le pont, agripper le bastingage, sentir les vagues exploser contre les flancs du paquebot. Il n'avait rien vu de la ville de Bordeaux, sautant d'un train à l'autre pour atteindre un nouveau point de stationnement : Château-Thierry, dans l'Aisne, le poste avancé de l'offensive allemande, à quatre-vingt-dix kilomètres à l'est de Paris.

En ce mois de juin 1918, rejoints par la 3e division américaine, les soldats français tentent de freiner la progression ennemie. Mais les troupes sont exténuées, affamées. Partout dans Château-Thierry, des véhicules pétaradants, des ambulances, des bancs de soldats aux accents français, irlandais, américain. Dans l'agitation générale, Jeremy cherche le reporter du *Chicago Tribune* avec qui il doit travailler.

Il pousse la porte d'un bar, commande un café au lait et note que certains carburent déjà au vin blanc à dix heures du matin. Soudain, une petite bande envahit l'établissement, des civils braillant en anglais, avec l'accent américain. Il s'avance vers ses compatriotes.

— Bonjour, messieurs. Vous connaissez un journaliste du nom de Floyd Gibbons ?

— C'est moi, répond un homme à la mâchoire carrée, à l'œil pétillant.

Ses cheveux d'un noir de jais lui font comme un casque.

— Jeremy Parkman, du *Herald*. Nous nous sommes parlé au téléphone. Je rejoins les rangs du *Chicago Tribune*.

— Ah bon ? Première nouvelle, s'amuse le gaillard.

Autour de lui, tous s'esclaffent. Jeremy esquisse un sourire incertain. Est-ce un rite de passage ?

— Nous devons faire équipe tous les deux, insiste-t-il. C'est ce qui a été convenu avec le directeur du *Tribune* et avec vous.

— Si tu le dis, petit. Je devais être saoul ce jour-là.

— Floyd ne boit jamais trop, ironise l'un des types présents.

— Faux ! rugit Floyd. Je ne bois jamais assez !

Froissé par ces rodomontades, Jeremy se rembrunit. Ce Gibbons a le même âge que lui, alors qu'il remballe sa condescendance, il n'est pas son « petit ». Il a traversé l'Atlantique sillonné par les sous-marins allemands, il veut écrire, témoigner, au plus près des hommes de guerre. Devant son air consterné, le journaliste ouvre la main en signe de paix.

— Bon, assieds-toi, puisque tu es là. Tu me tiendras le stylo !

— Du moment que tu tiens ma cigarette !

La repartie de Jeremy déclenche l'hilarité générale.

— On dirait que tu as trouvé un alter ego, Floyd. Fais gaffe, il va te piquer la place.

Floyd sourit de tous ses crocs.

— Tu bois un calva, Parkman ? Obligatoire pour devenir correspondant de guerre.

— J'allais te le proposer, Gibbons.

Bravache, Jeremy vide son verre d'un trait, puis réclame de l'eau dans la foulée pour éviter que l'alcool matinal ne lui empourpre les joues et ne lui fasse perdre la face devant Gibbons. L'heure est trop grave. Le 1er bataillon du 3e régiment de marines, ce corps expéditionnaire américain, riche d'un passé glorieux au siècle dernier au Mexique et aux Philippines, s'est déployé dans une petite forêt à l'ouest de Château-Thierry. Les troupes françaises ont reculé en désordre, de nombreux civils fuient l'avancée des combats. Le général Harbord va donner l'assaut. Il l'a annoncé aux journalistes en gardant pour lui les détails stratégiques.

— Où as-tu pêché cet accent snob, Parkman ? demande Gibbons avec un sourire en coin.

— À Boston.

— Moi, j'ai vécu à Washington et à Minneapolis. Mais pas dans la « haute » comme toi. La guerre, je connais. L'expédition Pancho Villa au Mexique, il y a deux ans, ça te dit quelque chose ?

Jeremy avait évidemment suivi l'opération militaire américaine contre les forces du révolutionnaire mexicain.

— Je sais aussi pour le *Laconia*, dit-il.

Gibbons voyageait en effet à bord du paquebot de la ligne Cunard quand il avait été torpillé par les Allemands en février 1917. Rescapé de l'attaque qui avait envoyé douze passagers par le fond, il était devenu célèbre du jour au lendemain en câblant aux États-Unis des articles d'un réalisme époustouflant sur le naufrage. L'homme semblait insensible au danger, invincible, un vrai héros américain. Jeremy l'admirait, sans lui en faire part. Ce qu'il lui montrerait, fils de la « haute » ou pas, c'est qu'il n'avait pas peur, lui non plus !

— Bon, il va falloir t'équiper, annonce Gibbons en lançant une pièce au serveur. Tu ne risques pas d'aller très loin sans ton brassard et une tenue appropriée. Je t'emmène à l'état-major.

Les voilà partis tous les deux dans les rues.

— Tu sais où dormir ce soir ?

— Pas vraiment, répond Jeremy.

— Alors on va s'amuser !

Le paquetage récupéré, les formalités accomplies, Jeremy hante pendant trois jours les cafés avec le grand reporter Gibbons, jamais le dernier à siffler des verres et à embrasser les filles. C'est donc ça, la guerre ?

La réponse tombe le soir même au QG du commandant des marines.

— Les gars, c'est pour demain, au bois Belleau !

Arabella

Malgré elle, Arabella sent ses yeux se mouiller. La statue de la Liberté, cette magnifique dame de cuivre, salue les passagers du bateau. Le sillage d'écume attire des centaines de mouettes. Le départ de New York, lent et majestueux avec la *skyline* de béton et d'asphalte qui s'éloigne, s'accorde à l'humeur de la jeune fille. Elle voudrait retenir les mois passés ici, les sensations de sa découverte de l'île de Manhattan, les petits déjeuners avec Elizabeth, l'amie de sa mère.

Entre elles, tout avait pourtant mal débuté. Arabella avait toqué à la porte du petit appartement de la 42e Rue en craignant de tomber sur une personne aussi bigote que sa famille. Elle n'avait pas fui une prison pour se précipiter dans une autre ! Mais le budget de la jeune fille lui interdisait de se loger à New York, les loyers étaient prohibitifs, comme les hôtels réservés aux femmes. Alors à quoi ressemblait cette Elizabeth Sissle ? Sûrement à une souris grise à lunettes. N'était-elle pas bibliothécaire à la New York Library ?

L'accueil avait été réservé, presque froid, à l'image des deux chats qui l'avaient fuie dès qu'elle avait franchi le seuil. Le décor était austère mais, contrairement à la maison des Cox, relevé par des milliers de livres alignés sur des étagères ou posés à même le sol. Non, il n'y avait rien de gai dans cet intérieur et les premiers mots échangés n'avaient pas rompu la glace. La propriétaire des lieux ressemblait à un merle, avec ses yeux ronds et son nez fin.

— Alors c'est vous, Arabella ? avait-elle sifflé. Vous n'avez rien de commun avec votre mère.

— J'espère bien ! avait-elle répondu avec une franchise frisant l'impertinence.

— Vous souhaitez peut-être visiter la chambre ?

Là aussi, des livres dissimulaient les murs de la petite pièce, mais la vue donnait sur les célèbres lions couchés de la Public Library. New York semblait palpiter juste à côté, avec ses canyons urbains, ses trottoirs grouillant de monde, ses gratte-ciel fuselés.

Un soir, Elizabeth proposa un verre de vin. Les yeux bleus d'Arabella s'ouvrirent comme des soucoupes. L'alcool aurait dû être banni de chez elle, comme de tous les foyers adventistes.

— Oh, ne me regarde pas comme ça, fit son hôtesse en riant. Je m'offre un petit verre le vendredi soir.

Les deux femmes prirent dès lors l'habitude de converser autour d'une bouteille. Elizabeth était intelligente, cultivée et passionnée par la cause animale. Elle défilait sur la 5e Avenue avec la Société protectrice des animaux et dénichait des foyers dans Manhattan pour les chiens et les chats abandonnés.

Elle en parlait avec tant de ferveur qu'Arabella finit d'être convaincue que les animaux n'existaient pas seulement pour amuser ou servir l'homme, mais qu'ils avaient une vie propre, des droits, des besoins. La jeune femme allait apprendre grâce à sa nouvelle amie à repérer la souffrance derrière le silence et l'apparente docilité des bêtes.

Arabella avait narré à sa logeuse le calvaire de Mary l'éléphante à Erwin, cette journée marquée d'une croix dans son calendrier intime. Elizabeth, qui avait lu le martyre de l'animal dans la presse, en avait été révoltée. Le week-end, le duo se rendait à Coney Island, au parc d'attractions de Brooklyn, où se produisaient les plus beaux cirques du pays. Arabella retrouvait ses chers mastodontes sur des vélos, jouant à la balle, se livrant à quelques figures d'acrobatie éléphantesques.

— Ces animaux seraient mieux chez eux, en Afrique ou en Asie. Écoute comme ils barrissent, ils doivent détester l'enfermement.

— Mais s'il n'y avait pas de cirques, soupirait Arabella, je ne pourrais les admirer nulle part. Je pars en France, pas en Afrique, rappelle-toi.

Arabella suivait une formation d'infirmière au Mont-Sinaï, l'un des plus anciens hôpitaux de la ville. Ses cours portaient sur les blessures les plus graves, les amputations, les trépanations, les dilacérations dues aux baïonnettes, aux éclats d'obus. On vantait les faits d'armes des Américains regroupés dans l'American Field Service qui, dans un lieu appelé Verdun, avaient évacué des blessés en 1916 sous les ordres de l'armée française. Arabella avait postulé pour un départ prochain en France après quelques mois enchanteurs passés à New York. Où allait-elle se retrouver exactement ? Elle n'en savait rien et peu lui importait. Elle voulait se rendre utile, voir du pays, exercer enfin son métier. Mais quitter Elizabeth se révélait beaucoup plus difficile que prévu. Au cours de leurs innombrables discussions, celle-ci essayait souvent de dissuader sa jeune protégée de s'enrôler tout de suite.

— Au moins, je me sentirai utile. J'ai attendu toute ma vie que quelque chose m'arrive.

— Tu pourrais rester ici, à New York. Jolie comme tu es, quelque chose t'arrivera forcément !

La sirène de l'*Aeolus* retentit, assourdie par la ouate de la brume. L'ancien paquebot allemand de luxe saisi au début de la guerre et peint aux motifs camouflage s'arrache à l'embarcadère. La traversée sera périlleuse. Trois bateaux naviguant ensemble sont escortés par l'USS *Frederick*, un cuirassé blindé. Arabella regarde une petite silhouette agitant la main sur le quai. En quelques mois, Elizabeth est devenue sa famille, celle qu'elle s'est choisie.

La veille, l'échange au téléphone avec son frère l'avait déroutée.

— Tâche de ne pas te retrouver enceinte, avait-il maugréé. Il ne manquerait plus qu'un bâtard *frenchy*.

— Ne t'inquiète pas. Je te rapporterai plutôt du fromage français bien puant.

Elle avait raccroché, entre sourire et désarroi. Son frère se moquait de son avenir, de sa sécurité. Arabella minorait le danger pour ne le mesurer que trop. Trente-deux infirmières avaient perdu la vie au front. Qui sait où elle serait envoyée ?

Heureusement, il lui restait Elizabeth, à qui elle avait promis d'écrire, et Suzan évidemment.

Le voyage fut long et le fracas monotone des vagues contre la coque, les changements de trajectoire du navire afin d'échapper aux attaques sous-marines le rendirent plus pénible encore. Pendant la traversée, Arabella ne parla à personne hormis aux trois autres femmes qui partageaient sa cabine, promises au front elles aussi et sujettes comme elle à un lancinant mal de mer. Enfin, la ville de Brest finit par apparaître derrière un rideau de pluie. Heureusement, le moral était au beau fixe.

Dans le train pour Châlons-sur-Marne, où cantonne le quartier général de la 4e armée française et de la 79e division américaine, Arabella se lie vite avec une jeune femme, Dorothea, venue d'Alabama, du Sud, comme elle. Une fille gouailleuse, aux lèvres charnues.

— Il paraît que ça barde là-bas. Tu sais ce qui nous attend ? demande-t-elle.

— On verra bien, répond Arabella. La Croix-Rouge s'occupera de nous.

Bien que située derrière les lignes de front, la ville de Châlons subit une pluie d'attaques. Au printemps 1918, les Allemands ont lancé l'offensive Ludendorff en espérant faire reculer les Alliés et atteindre Paris. Un paysage de ruines et d'éboulis accueille Arabella, Dorothea et les autres Américaines. Pour l'instant, le travail consiste à recevoir à la cantine les soldats qui reviennent du front, à les nourrir, à les divertir autant que possible de l'horreur. Arabella les voit arriver. Ils ont son âge. Leurs pâles sourires éclairent à peine des visages prématurément vieillis, usés. Parfois, ils piquent du nez au milieu d'une phrase, épuisés. Certains flottent dans leurs vêtements trop grands, on dirait des enfants qui jouent à la guerre. Ce sont les nouvelles recrues, les novices. On raconte qu'au front, ils se font tuer bêtement. Leurs jours sont comptés et ils le savent. Alors Arabella plaisante avec eux, improvise des histoires d'animaux, écrit pour celui qui tremble à chaque déflagration et ne peut tenir un stylo. Dans sa robe à manches longues, avec son voile blanc, elle ressemble à une bonne sœur. Beaucoup de soldats la confondent avec une religieuse, lui demandent une prière. Au moindre signe de douceur féminine, certains éclatent en sanglots, d'autres perdent l'usage de la parole, totalement sidérés.

C'est une période étrange où rien n'advient, un sas entre la vie suspendue et la mort programmée, et Arabella ronge son frein. Elle ne s'attendait pas à traverser l'Atlantique pour jouer les dames de compagnie et materner des boys traumatisés. Quand le sol vibre et que les fusées déchirent le ciel, comment engager une conversation avec des hommes qui ne seront peut-être plus demain que des cadavres entassés sur une charrette ?

Kid

Lorsque les États-Unis s'étaient engagés dans la guerre, les Noirs de Harlem avaient voulu prendre part aux combats, mais s'étaient surtout, encore et toujours, battus contre le racisme de l'administration du président Wilson. « Le noir ne fait pas partie des couleurs de l'arc-en-ciel », répétait-on, entre autres arguments fallacieux ou ridicules, pour justifier leur mise à l'écart. Rien n'était prévu pour leur entraînement et les officiers blancs ne voulaient pas avoir affaire à des soldats noirs. Ceux qui bravaient le racisme au sein de l'armée et s'enrôlaient quand même recevaient moins de rations que leurs compagnons d'infortune blancs. La ségrégation avait encore de beaux jours devant elle, même en temps de guerre. Un soir, Big Jim fit à Kid une proposition incroyable :

— Tu ne voudrais pas partir jouer du jazz en Europe pour le compte de l'Oncle Sam ? On va faire la guerre aux Allemands, nous, les Noirs de Harlem !

— Partir en Europe ? répondit Kid. Mais c'est ici qu'on vit, qu'on joue ! Tu l'as dit toi-même, on a un orchestre d'élite et nos instrumentistes sont les meilleurs du Nouveau Monde. Quant à la guerre, moi, tu sais…

Kid n'avait jamais vraiment songé à se battre, surtout si loin, mais l'idée fait lentement son chemin dans son esprit. En découdre avec les copains, voilà qui promettait de l'aventure à foison !

— Tu comptes continuer à te produire devant des rombières qui nous font entrer par la porte de service par peur du qu'en-dira-t-on ou qui refusent de nous laisser le piano pour ne pas le salir ? Pas moi. Nous devons prouver que les Noirs peuvent combattre pour l'Amérique.

La conviction et l'enthousiasme du chef d'orchestre étaient contagieux. Presque toute la formation s'engagea, comme un seul homme. Kid l'écrivit à sa mère, qui le bénit. Le 15e régiment de la Garde nationale de New York, fort de ses deux mille soldats, organisa une parade extraordinaire sur la 5e Avenue. Cinq mille sympathisants, musiciens et soldats, tous unis, défilèrent en silence, portant des bannières aux slogans accrocheurs. Kid en avait la gorge serrée. Ici, sur l'avenue la plus célèbre des États-Unis, lui, le gosse du Tennessee, avait enfin trouvé sa place, auprès de ses frères de peau. S'il faut les suivre jusqu'à la mort en Europe, il le fera.

Après trois tentatives infructueuses, le 15e régiment embarque le 14 décembre 1917 sur le *Pocahontas*, un vieux bâtiment défraîchi. Contrairement aux bateaux des soldats blancs, celui-là ne sera protégé par aucun cuirassé. L'orchestre du régiment, fort d'une soixantaine de membres, est bien sûr dirigé par James Reese Europe.

Fin décembre, la côte française est en vue. La ville de Brest leur semble un songe, avec ses bateaux alignés dans le port, son château médiéval et cette tour tout droit sortie d'une carte postale.

— Il neige aussi en France ? s'étonne un garçon.

— Tu croyais que c'était une spécialité américaine, boy ? se gausse Kid.

Rire le soulage et dissout son appréhension. Malgré les flocons gros comme des guêpes, la foule est dense, composée de marins, de soldats, de civils. Les Français découvrent avec étonnement les soldats noirs américains, ceux qu'on va appeler les *Harlem Hellfighters.* Des enfants réclament chocolat et cigarettes. Soudain, sous les ordres de Big Jim, *La Marseillaise* éclate dans les rues de la cité bretonne. Très allègre, elle déroute le public. Mais bientôt conquise par le rythme, charmée par cette adaptation exotique, la foule commence à se balancer, à taper du pied. C'est le début d'un grand périple pour Kid et l'orchestre de Big Jim. La troupe va donner le premier concert de jazz en Europe à Nantes, en février 1918.

Les hommes ne seront envoyés au front que deux mois plus tard, dans la forêt de l'Argonne, près de Bar-le-Duc, une région de bois et d'étangs. Au creux des tranchées qui ressemblent aux lèvres d'une plaie purulente, les *Harlem Hellfighters* partagent le pain, la soupe, les munitions, les poux avec les Français. Armé comme les copains d'une baïonnette et portant un casque bleu-gris, Kid apprivoise l'angoisse avec les rasades de gnôle, qu'il a appris à supporter, à défaut de les apprécier. Les fusées lumineuses éclairent un paysage de terres boueuses, balafrées, l'air ressemble à un couvercle gris qui oppresse. Le plus terrible reste le manque de sommeil. Dès qu'il le peut, il ferme les yeux, se bouche les oreilles, trouve un endroit pour s'allonger, se blottir. La ligne de feu est si proche qu'on l'entend rugir comme un fauve réclamant de la chair fraîche.

La première fois que Kid se bat vraiment, Big Jim se trouve à son côté. Devenu officier, ce dernier conduit les tirs de mitrailleuse. Les balles et les obus sifflent au-dessus de leurs têtes. Kid et les autres progressent à découvert. Son premier Allemand, il le fauche d'une rafale de son fusil-mitrailleur Chauchat. L'air vibre de hurlements. Il faut sinuer parmi les victimes qui s'amoncellent. Dans la mêlée générale, on se bat comme on peut dans l'étendue glaiseuse, au couteau, à la grenade, au poing. Soudain il aperçoit Jim en mauvaise posture, son fusil semble s'être enrayé. Il se précipite, décharge son arme sur l'Allemand qui menaçait son ami. Quand le feu cesse, sept copains gisent au sol, le visage disloqué, les boyaux à l'air dégageant une puanteur cuivrée. Les vivants évitent de les regarder. Big Jim tombe dans les bras de Kid.

— Je te dois la vie, mec.

— Demain, peut-être, ce sera toi mon sauveur.

— N'empêche, tu as eu un sacré courage, Kid.

Le jeune Noir découvrait sur les champs de bataille qui il était vraiment. Et ce qu'il ressentait lui plaisait : pour la première fois de sa vie, il éprouvait de la fierté.

Jeremy

Personne n'a dormi après que Pershing a donné l'ordre de contre-attaquer à l'ouest de Château-Thierry, au bois Belleau. Les correspondants américains sont persuadés que cette bataille sera rude, même si l'épuisement gagne les deux camps. Le soleil ne passe pas encore ses doigts dans les cimes des arbres quand les marines se mettent en route. Jeremy les regarde, il admire leur calme, leur aptitude au sacrifice. Depuis ces quelques jours où il les côtoie, les interroge et envoie des articles à Chicago. Au bruit des canons et des obus, il sait repérer l'emplacement des armes ennemies. Il sursaute à peine quand un shrapnel[1] éclate près de lui. Comme Floyd, il devine lorsqu'une trombe de feu va s'abattre.

Pendant les moments d'accalmie, il partage des cigarettes avec les officiers, plaisante avec les soldats qui l'ont surnommé « J », joue aux cartes avec les

1. Shrapnel : obus chargé de balles.

autres journalistes. Mais il s'interroge et souffre en silence. La guerre a modifié son regard sur la vie, ses sentiments et l'idée qu'il se faisait de lui-même. Il ne s'habituera jamais à voir des hommes crever près de lui. C'est comme s'il mourait par procuration, en attendant son tour.

Le 6 juin 1918, à Belleau, le temps s'annonce magnifique, les blés sont déjà hauts, le feuillage du printemps déroule un océan de vert.

Les soldats américains avancent en lignes, par vagues successives, ignorant les mitrailleuses allemandes installées à proximité, cachées dans les blés, les bosquets. Baïonnette Rosalie au canon, ils marchent les mains crispées sur les crosses des fusils. Jeremy ne se trouve qu'à une quinzaine de mètres des premiers échanges de tirs. Bientôt tout s'embrase. La terre tremble sous lui, le ciel s'embrume. Il court, tandis qu'autour de lui les soldats se ruent à l'assaut. C'est un terrible corps-à-corps, à la baïonnette, au couteau, à mains nues. Gibbons trouve un bosquet où s'abriter, prend photo sur photo avec son Kodak Pocket, tandis que Jeremy peine à retrouver son souffle. Près de lui, les premiers hommes tombent comme des quilles, d'autres rampent. Et il n'y a pas de brancardiers. Les mots de son père lui reviennent en mémoire : « Tu te crois indispensable ? » Il s'agenouille à côté d'un blessé qui retient tant bien que mal ses entrailles, quand Gibbons se porte à sa hauteur.

— Tu ne peux rien pour lui… Pour celui-là non plus.

Un homme à côté se vide de son sang, appelant sa mère dans des cris déchirants.

— Voilà, tu l'as, ton baptême du feu, hurle Gibbons à Jeremy cloué d'horreur devant l'homme démembré. Magne-toi, il faut se replier.

Les pertes sont énormes. Les officiers, apprendront-ils plus tard, sont tous morts. Comme l'écrira Gibbons : « L'air semble rempli de clous chauffés au rouge. »

— En avant, fils de pute ! beugle un sergent. Vous voulez vivre pour l'éternité ?

Bouleversé, Jeremy grave la phrase dans sa tête pour son article et tente d'avancer entre boqueteaux et ronces. Cette journée ne finira-t-elle donc jamais ? Et pourra-t-il en supporter beaucoup d'autres comme celle-là ?

Jeremy suit Gibbons qui hurle à pleins poumons, galvanisé par la peur et l'excitation. Soudain, une détonation. Cloué sur place, son ami s'effondre. Jeremy trébuche sur la racine d'un arbre. Les dix mètres le séparant de Gibbons lui semblent interminables.

— Accroche-toi à moi, Floyd. Tiens bon.

D'une pâleur de suaire là où le sang ne ruisselle pas, ce dernier respire à peine. Jeremy appelle un infirmier. Un homme portant un brassard blanc se précipite. Voyant l'état du blessé, la large plaie au niveau de l'œil, il secoue la tête et se détourne.

— Vous devez vous en occuper, crie Jeremy. C'est Floyd Gibbons, le correspondant du *Chicago Tribune.*

— Écoute, jeune homme. Ça pourrait être Pershing en personne, ce serait pareil ! Je suis tout seul et regarde autour de toi.

La vision est dantesque. Défolié, décimé par les obus et les rafales, le bois est semé de blessés. Des gamins avec des membres en charpie et des trous sanglants dans la poitrine appellent leur mère à l'aide. Jeremy se penche sur Gibbons qui gémit.

— Allonge-le et trouve un brancardier, lance le médecin. Sans jouer au héros, compris ?

Jusqu'au crépuscule, Jeremy s'emploie auprès des blessés. Il lui faut crier plus fort que les pleurs et les hurlements pour alerter les brancardiers débordés. Il n'y en a jamais assez. Les estafettes peinent à l'orienter parmi les bouquets d'armes et les cratères formés par les obus. Combien de vies a-t-il aidé à sauver ? Il essaie de compter, abandonne vite. Plus tard, il apprendra que deux cent vingt marines ont été tués et plus d'un millier blessés en une journée. Il s'apprête à rentrer au cantonnement quand une douleur lui cisaille le mollet. L'écho de la rafale lui revient au moment où son pantalon s'étoile de sang, juste avant qu'il ne perde connaissance.

La suite, c'est Andy, un brancardier venu du Missouri, qui la lui racontera à l'hôpital.

— La blessure est propre, la balle a dû ricocher avant de t'atteindre. Et t'évanouir t'a sans doute sauvé la vie. Ne t'en fais pas, tu remarcheras, mais la guerre est finie pour toi. Comme pour ton confrère Gibbons. Mais lui, c'est plus grave. Il a perdu un œil et pris deux balles dans le bras.

Non, la guerre n'est pas finie, elle le poursuit dans son corps, s'insinue dans les parties restées sauves. Il revoit la purée de sang étalée sur le masque grimaçant de Gibbons, les soldats projetés par le souffle des explosions, les crânes brisés comme des coquilles d'œuf, le crin rougeoyant des chevaux à l'agonie. Il découvre que l'homme n'est qu'une pelote de peurs et de regrets. Il repense au sourire mutique de Rosemary, aux vacances avec sa sœur dans le Tennessee, à cet éléphant qu'on a pendu au câble d'une grue.

Il pourra se tenir debout. Et il a ses mains pour écrire. Il cherche à se convaincre qu'il fait partie des chanceux.

Arabella

— Comment vous appelez-vous ?

— Ara… Arabella, bégaie la jeune femme.

Rien ne l'a préparée au spectacle sous ses yeux. Des tentes de chirurgie pleines de blessés, des maigres, des gros, ceux qui jurent ou se résignent. Des visages cireux, du sang partout, la crasse, la sanie. Les trois tables d'opération ne désemplissent pas. Certains attendent leur tour allongés au sol sur des couvertures de fortune. Tous les lits sont occupés, parfois par deux soldats à la fois, tête-bêche.

— C'est trop compliqué, bougonne le médecin français dans ses épaisses bacchantes. Je vous appellerai Cat.

— Mais ce n'est pas mon nom ! s'insurge Arabella.

— Vous voyez tous ces corps troués par les baïonnettes, les balles, les grenades, les obus ? Eh bien j'ai à peine dormi depuis huit jours. La relève, je l'attends toujours. Alors, votre prénom…

— Comme vous voudrez, capitule Arabella devant l'air exténué du médecin.

Elle l'assiste toute la journée et le lendemain. Il ne l'appelle ni Cat ni d'un autre sobriquet, il se limite à lui désigner les instruments. Après quoi, il chloroforme le blessé et fouille dans ses blessures. Les interventions s'enchaînent, certains ne se réveilleront jamais, on déplore jusqu'à vingt décès par jour. Cet été 1918 est effroyable. Ceux qui défilaient à Châlons quelques jours plus tôt font le chemin en sens inverse, dans un linceul, vers la gare d'où ils rentreront chez eux les pieds devant.

La tente mortuaire illustre le dernier cercle de l'enfer. Arabella ne s'y hasardera plus, les dépouilles sont entassées les unes sur les autres, les bouches déformées par des rictus, les yeux effarés ouverts sur le néant. Le pire, ce sont les gazés, leur apparence de vie démentie par des corps désarticulés et des grimaces qui hantent le peu de repos qu'elle s'accorde. Après cette visite, elle a vomi.

— C'est ça, la guerre, une belle saloperie, explique le médecin, désabusé. La mort est rarement glorieuse.

Arabella ne comprend pas tout en français, mais elle opine. L'air paterne et la faconde du bon Dr Garfield à Kingsport lui semblent si loin.

Et bientôt, elle ne compte plus les jours.

Le 14 juillet, l'offensive allemande vise la région de Châlons-sur-Marne. Les canons crachent les obus sans discontinuer. La voix d'orgue de l'artillerie lourde pénètre jusqu'au bloc chirurgical. Arabella ne sursaute plus à chaque ouragan des pièces à feu, elle a trop à faire, car un autre fléau s'est abattu sur le front : la grippe espagnole, une affection aussi mortelle que la guerre. Chaque jour, on signale de nouveaux cas à l'hôpital de campagne et malgré leur masque de protection, des infirmiers succombent à leur tour. Dominant sa peur, Dorothea s'est portée volontaire auprès des malades. Les journées durent vingt heures, le manque de sommeil rend les gestes mécaniques, anesthésie les émotions du personnel soignant. Comme les habitants de Châlons, la jeune femme se réfugie dans les caves lors des attaques.

— Je donnerais tout pour un vrai lit, soupire-t-elle en tirant sur sa cigarette.

— Avec des draps et un oreiller frais, répond Arabella.

Les deux filles portent crânement un toast grâce au vin rouge apporté par des jumelles épatantes, les sœurs Cromwell. Les soldats les surnomment « les Anges » tant elles sont dévouées. Assis sur des caisses, les Américains apprennent vite les mots d'argot utiles à la vie en France. Dorothea s'amuse à flirter avec un soldat, Arabella se tient en retrait. L'épisode avec ce porc de Rodney à Kingsport l'a refroidie. Elle préfère discuter avec les sœurs Cromwell. Comme Arabella, ces deux filles de la haute société ont passé l'été 1917 à l'hôpital à New York, sans la croiser. Elles auraient pu se contenter d'offrir un peu de leur temps et beaucoup d'argent à l'effort de guerre, mais elles ont ressenti le besoin de s'impliquer davantage. Arabella les respecte, recherche leur compagnie, ce qui attise la jalousie de Dorothea, qui leur bat froid sous prétexte qu'elles « pètent dans la soie ».

— Et alors ? s'insurge Arabella. Tu as vu, elles bossent comme nous. Ce sont de chouettes filles, vraiment…

— Tu parles ! Elles finissent le job ici avant d'épouser un prince ou un comte français. Et ça joue les saintes-nitouches en plus… Je t'assure, on est mieux entre nous.

Le cachant à Dorothea, Arabella a accepté la proposition de Gladys Cromwell d'apprendre à conduire avec un soldat français subjugué par les Américaines. À tour de rôle, elles s'essaient au volant sur des petites routes de campagne.

— Garde ton pied sur le frein ! Et gare aux ornières !

Comme toute fille bien née de la côte Est, Gladys parle le français couramment et peut traduire les recommandations du moniteur émoustillé.

Pour Arabella, ces promenades motorisées sur des chemins poudreux sont autant de trêves. Elle ralentit soudain à la vue de cavaliers montant des chevaux qui semblent bien nourris et lustrés. Étonnant, car les animaux souffrent aussi à la guerre. Parmi les cinq cent mille chevaux et mulets mobilisés en 1914, beaucoup sont morts[1], comme les hommes, dans un même râle. On manque de bêtes pour transporter hommes et armes. Arabella songe à Elizabeth à New York : que penserait-elle de ces montures efflanquées, affligées de pelade (on ne les desselle pas tous les jours) et de ces carcasses puantes jalonnant les champs de bataille ?

1. Huit millions de chevaux périront au total pendant la Première Guerre mondiale.

Soudain, effrayé par les zigzags de la voiture, un cheval se cabre et décoche un coup de sabot sur le pare-brise qui vole en éclats. Gladys pousse un cri. Arabella sent un goût métallique envahir sa bouche. Ce n'est qu'une coupure, pense-t-elle, autant dire rien quand on ampute et trépane tous les jours. Mais à l'air effaré de son amie et à la tache rouge qui s'étend sur sa cuisse, elle devine que c'est un peu plus sérieux. De sa lèvre tranchée au-dessous du nez coule un épais filet de sang. Gladys la fait asseoir à l'arrière de la voiture et tamponne l'hémorragie tandis que le soldat français fonce vers l'hôpital de campagne le plus proche.

Le soir, Dorothea s'est précipitée à son chevet.

— Comment te sens-tu ?

Arabella ne peut répondre à cause du large pansement qui la bâillonne, mais à son geste d'exaspération, Dorothea devine qu'elle n'a qu'une envie, sortir au plus vite, libérer un lit pour un soldat.

— Je vais demander au médecin s'il peut te laisser partir demain, poursuit Dorothea, rassurée de voir qu'elle n'a rien perdu de sa vaillance.

Le pansement qu'on doit changer dévoile les dégâts. Recousue, sa lèvre tuméfiée recouvre bizarrement ses dents comme une serviette mal ajustée. Tenter de sourire lui arrache une grimace de douleur. Ses yeux s'humectent de larmes. Elle est laide, défigurée, là où sa féminité, sa sensualité triomphaient. Elle se détourne du miroir, cherche ses vêtements.

— Je veux travailler.

— Tu devrais te reposer, chantent en chœur les sœurs Cromwell venues la soutenir.

— Se reposer, c'est un truc de riches, surtout en temps de guerre, siffle Dorothea, toujours acerbe à l'adresse des jumelles. C'est à cause de vos satanées leçons de conduite qu'elle est blessée !

Gladys s'apprête à riposter quand le médecin apparaît.

— Blessée, mais bonne pour le service, lance-t-il en tapotant l'épaule d'Arabella. On a besoin d'elle et de tout le monde.

Le geste inattendu du docteur la bouleverse. Elle relève la tête, chasse ses idées noires. Ses bras, ses jambes, son cerveau sont intacts. Elle les destine aux blessés qui se cramponnent à sa voix et à ses mains pour ne pas sombrer.

En ce mois d'octobre 1918, la grippe et la pneumonie affectent plus d'un quart du personnel de l'armée américaine, soit près d'un million d'hommes. Des milliers de jeunes succombent, une hécatombe sans précédent. Malgré l'usure de l'ennemi, lui aussi touché par les épidémies, les combats continuent, la situation est critique.

— Que feras-tu après la guerre ? demande Dorothea, un soir, en tricotant sa énième écharpe pour ceux qui ont froid.

— Je n'y pense pas. Ma mère me manque, mon frère beaucoup moins, et mon père pas du tout… Et toi, tu as des projets ?

— Me trouver un chouette et beau garçon en Alabama, l'épouser et regarder mon ventre s'arrondir. Des enfants, j'en veux une ribambelle.

Arabella la dévisage, surprise. Elles n'avaient pas vingt ans, il serait toujours temps de se reproduire ! Si la guerre lui avait appris quelque chose, c'était bien la dimension fragile, aléatoire de l'existence, ce cadeau qu'on pouvait vous retirer en une seconde. Plus que jamais, elle entendait profiter de la vie, traverser des paysages, rencontrer des gens rares, éprouver toutes les émotions, avant de fonder une famille.

On disait les Allemands près de battre en retraite, mais à l'automne l'offensive Meuse-Argonne ferait plus de vingt-six mille morts et cent mille blessés parmi les soldats américains. La fatigue, l'effroi, l'hécatombe culminaient. Il faudrait encore recueillir des derniers souffles et fermer des centaines d'yeux.

Le 3 novembre, l'Empire austro-hongrois capitule enfin. Confronté à une révolution, le Kaiser abdique en Allemagne. Le 11 novembre, la nouvelle de l'armistice enflamme la ville de Châlons. Les drapeaux fleurissent aux fenêtres, les passants se congratulent, les camions américains klaxonnent dans les rues bondées. Bientôt les cloches sonnent, *La Marseillaise* retentit aux cris de « Vive la France ! Vive Clemenceau ! Vive Pershing ! ».

Arabella se laisse enlacer par des soldats, des civils français. Pendant que la cohue l'emporte et la sépare de ses amies, elle songe à sa mère, elle aimerait partager ce moment historique avec elle. Elle n'a presque pas touché au pécule qu'elle lui avait donné avant son départ. Elle ne compte pas rentrer tout de suite en Amérique, elle souhaite visiter la cathédrale de Reims, là où l'on a sacré les rois de France, et Paris, bien sûr, les Champs-Élysées, la tour Eiffel, le Louvre, dont on lui a tant parlé.

Soudain, une silhouette se penche vers elle.

— Décidément, miss Southie, nous sommes voués à nous rencontrer dans une foule !

Arabella reconnaît immédiatement le journaliste qui l'avait protégée lors de l'attaque de l'éléphant à Kingsport deux ans plus tôt. Toujours aussi attirant, avec sa prestance naturelle, son regard vert vif, mais amaigri, creusé par la fatigue, les épreuves, des stigmates qui le rendent plus humain, plus émouvant. Machinalement, la jeune fille pose un doigt sur sa bouche pour masquer sa cicatrice à la lèvre.

— Monsieur le journaliste de Boston ! Vous êtes venu couvrir le conflit à Châlons ? Quelle coïncidence !

— J'étais au bois Belleau, près de Château-Thierry. Cela vous dit quelque chose ?

Devant l'air perplexe de la jeune femme, Jeremy Parkman égrène des chiffres.

— En juin, mille huit cents morts, huit mille blessés. Que des petits gars de chez nous. Mais on a fait mille six cents prisonniers !

Arabella opine en silence.

— Les marines ont sauvé Paris, en payant le prix fort, poursuit Jeremy. J'ai suivi la 2e division américaine jusqu'au bout.

Pourquoi évoque-t-il ces faits d'armes alors qu'il meurt d'envie de se rapprocher d'elle, de la prendre dans ses bras ? Comme en écho, elle répond :

— Assez parlé de la guerre. Elle est finie. Allons danser.

L'accordéon a succédé aux clairons. Les premiers bals se sont organisés spontanément.

— Racontez-moi d'abord comment vous êtes arrivée ici, demande Jeremy. C'est extraordinaire !

Se retrouver ainsi tous les deux, si loin des États-Unis !

Tout lui paraît irréel aujourd'hui. La fin des combats, cette foule qui n'cn finit pas de grossir, cette rencontre avec une apparition qu'il n'avait pas oubliée. Jeremy s'accroche à ce visage, à ces yeux d'un bleu d'azur. Il lui semble renaître tout à coup. Imprévisible et belle, cette vie qu'il chérissait va reprendre. La guerre n'aura été qu'un terrible intermède.

Un soldat ivre au front bandé s'écroule sur Arabella et cherche à l'embrasser. Jeremy saisit le type au collet, hésite à lui flanquer un coup de poing et finalement l'envoie valser ailleurs. Il ne va pas cogner un pauvre bougre aujourd'hui, ce type lui a peut-être sauvé la vie la semaine dernière, en tirant le premier. Il prend la main d'Arabella et tente de se frayer un chemin parmi les gens. Le jeune homme, qui ne peut masquer sa claudication, lui raconte les circonstances de sa blessure. Elle finit par lui confier la cause de sa marque à la lèvre.

— Montrez-moi ça ! s'exclame Jeremy, ravi de s'approcher de sa bouche. Mais ça ne se voit presque plus ! Si vous êtes sage, je vous montrerai ma cicatrice à la cheville.

En quelques mots, cet homme-là l'apaise, la délivre. Elle sait pertinemment que son sourire sera toujours lésé par la cicatrice, mais elle décide sur-le-champ de ne plus s'en soucier. Comme lui ne s'inquiète pas de sa blessure. Ils ont survécu quand tant d'autres ont péri. Ils se regardent. Un fluide, un désir passent. Jeremy meurt d'envie de se noyer dans la blancheur de la peau d'Arabella, mais il n'ose pas. Aux États-Unis, il poursuivait des proies faciles, consentantes. Ici, face à cette fille d'une beauté insensée, à la fois courageuse et terrifiée par ce qu'elle a vécu, il ne veut rien brusquer, ému et surpris comme il ne l'a jamais été. Lui qui tournait tout en dérision…

— Alors, tu viens danser, le Yankee ?

— Oui, ma belle sudiste !

Ce soir, c'est bon de se laisser aller, d'être idiot. Ce soir ils sont français, américains, belges, anglais, quelle importance ! La guerre est finie, ce sera la der des ders, répète-t-on. Arabella danse, joue avec ses cheveux qu'elle a défaits, chaloupe sur la piste. On dirait une divinité païenne. Subjugué, Jeremy se prend à l'embrasser. Ils passent la soirée à danser, à s'étreindre. Arabella voudrait que cette nuit n'en finisse pas. Des fusées tirées dans le ciel semblent exaucer ses vœux.

— Chouette, un feu d'artifice ! Allons-y ! Celui-ci est inoffensif.

Attirée par ces gerbes de lumière, la foule s'épanche dans les rues. Arabella se sent poussée, tiraillée de toutes parts. Elle n'est pas la seule, une femme enceinte s'évanouit à ses côtés. Retrouvant ses gestes d'infirmière, elle s'agenouille et l'aide à recouvrer ses esprits. Quand elle se relève, Jeremy a disparu, avalé par la mêlée. Elle marche vers l'endroit d'où l'on tire les fusées, mais elles s'éteignent vite. La voilà à errer dans cette ville inconnue, livrée aux frimas de cette nuit de novembre. Elle cherche longtemps, puis rentre dormir quelques heures. Demain il fera jour et elle retrouvera cet homme dont elle ne sait rien.

Kid

Il lui a suffi de le voir de dos pour le reconnaître dans ce café de Montparnasse, en tenue civile : c'est Big Jim ! Il frappe à la vitre, et celui-ci se retourne, un sourire aux lèvres. Jim se dresse à son arrivée et le gratifie d'un impeccable salut militaire.

— Repos, mon lieutenant, s'amuse Kid.

— Laisse-moi saluer un héros !

— Tu aurais fait de même, ami, répond doucement Kid.

— Tu n'as pas volé la *Distinguished Service Cross*, petit. D'où sors-tu, au fait ?

— Je loue une chambre sur les pentes de Montmartre, répond Kid, tout sourire. Et, tiens-toi bien, la concierge me donne du « monsieur Vernon ». Cela me change du mépris que j'ai connu à Erwin.

Après la campagne de Champagne, Kid avait continué à s'illustrer. Dans les Ardennes, près de Séchault, il avait quitté en pleine nuit la relative protection de la tranchée pour aller chercher un lieutenant égaré en mission de reconnaissance. Il l'avait retrouvé sérieusement touché aux jambes, au milieu d'un champ, à découvert, et l'avait hissé sur son dos au moment où tout s'embrasait autour d'eux. Slalomant entre les jets de grenades, il avait pu ramener le blessé à la base. L'exploit lui avait valu la prestigieuse médaille.

— Vous en avez tous bavé là-bas, reprend Jim, pendant que je poussais la chansonnette dans des cafés à Paris. Il n'y a pas de comparaison possible.

Big Jim avait mal vécu sa mise à l'écart des combats, lui qui avait sélectionné chacun de ses musiciens pour lutter contre les boches, lui, le premier officier noir à mener ses troupes. Il aurait aimé participer à l'offensive Meuse-Argonne et à la grande victoire des Noirs américains. Cent quatre-vingt-onze jours de combats, sans jamais perdre de terrain ni déplorer le moindre prisonnier. Les Allemands craignaient particulièrement la bravoure des *Harlem Hellfighters*. Battant en brèche la défiance du gouvernement américain à leur égard, l'état-major français leur avait permis d'être les premiers Alliés à atteindre le Rhin. Tout le régiment s'était retrouvé devant le fleuve le 17 novembre 1918, quelques-uns s'étaient même agenouillés sur la rive, plongeant leurs lèvres dans l'eau marron. Un autre moment mémorable que Jim Europe avait raté.

— Tu étais blessé aux yeux à cause des gaz, et tu avais chopé la grippe en plus, répond Kid.

— C'est vrai, murmure Big Jim, les yeux dans le vague. Enfin, si tu aimes mes dernières chansons, *Mirandy* ou *Trench Trot*, je n'aurai pas complètement perdu mon temps.

— J'ai hâte de les écouter ! Quand recommence-t-on à jouer ?

— Bientôt, se réjouit Big Jim. Au jardin des Tuileries.

— Et la parade, des nouvelles ?

Le chef d'orchestre grimace. Kid, qui connaît bien son ami, insiste.

— On va y participer, n'est-ce pas ?

— C'est compliqué…

— Comment ça, compliqué ? On n'a pas démérité, avec cent soixante et onze médailles individuelles et la croix de guerre à titre collectif…

— L'état-major américain refuse notre présence à la parade de la victoire, qui aura lieu de l'Arc de triomphe à la Bastille.

— Des soldats noirs feraient tache dans le paysage, c'est ça ?

— Sans doute, concède Big Jim, qui ne dit pas toute la vérité à son copain.

L'état-major ne veut aucun nom afro-américain sur les stèles dédiées aux combattants morts. Décision éhontée qui révoltera les survivants quand ils l'apprendront.

— Toujours la même chose, éructe Kid. Le négro peut bien se faire trouer la peau pour défendre la civilisation. Mais pour la reconnaissance de la patrie, on se brosse !

— Regarde les choses du bon côté, répond Jim pour l'apaiser. On sera bientôt chez nous. Et notre parade sur la Cinquième, on l'aura, tu verras.

— Tu rentres donc aux États-Unis ?

— Oui, bientôt, bien entendu, répond Big Jim, intrigué. Et toi ?

— Je n'en sais rien. Ici, un homme est jugé sur son mérite, pas sur la couleur de sa peau. Et puis, il y a la musique…

— Il y a aussi de la musique à Harlem, mon frère. En ce moment, c'est la folie. Ce quartier va devenir la capitale mondiale de la culture noire.

— En attendant, c'est ici que ça se passe, répond Kid. Tu as vu comme les Français apprécient notre jazz ? On l'entend partout, à Pigalle, à Montparnasse. Ils en sont dingues !

— Peut-être. Mais nous, en Amérique, on enregistre des disques, se rengorge Jim. Plus d'une dizaine déjà avec Pathé.

— Et je suis avec toi dans l'aventure, mon lieutenant. Mais de là à rentrer tout de suite…

À Paris, « monsieur Vernon » de la rue Lepic se sentait bien. Les Français semblaient *colorblind*, indifférents à la couleur de peau. D'ailleurs, des Noirs, il y en avait plein les rues, des Martiniquais, des Guadeloupéens, des Africains. On se saluait d'un coup d'œil, les rires fusaient, les accents se mélangeaient, les corps aussi dans les dancings surpeuplés. Kid ressentait ici une forme de liberté grisante. La France n'était-elle pas le pays de la Révolution, des droits de l'homme ? Par expérience, la misère ne l'effrayait pas. Arrivé avec sept dollars en poche, il enchaînait les petits boulots : manœuvre sur un chantier, groom dans un hôtel chic, gardien d'un entrepôt. En ce moment, il glisse des prospectus dans des boîtes aux lettres. Rien de glorieux, mais qu'importe. Deux événements merveilleux viennent de se télescoper dans sa vie. D'abord, il a démarché les clubs avec sa clarinette, et le Joe Zelli à Pigalle l'a engagé pour quelques semaines ! Les Noirs sont à la mode, on se les arrache. La paye est correcte et les verres gratis. Et puis, là-bas, il a rencontré Louison, une métisse à la chevelure fauve et aux dents blanches comme de l'ivoire. Tombé raide amoureux pour la première fois, il n'a aucune envie de la quitter. Dans sa chambre mansardée, sur les hauteurs de Montmartre, ils s'aiment à s'user la peau. L'amour, le jazz, Paris, que demander de plus ?

Kid et Jim se séparent sur le trottoir gris, en promettant de se croiser la semaine suivante à la séance d'enregistrement pour Pathé. Kid ne reverra jamais James Reese Europe. En mai 1919, le « Jazz Lieutenant » sera mortellement blessé d'un coup de poignard par l'un de ses batteurs après une anicroche. Cet homme avait survécu au racisme, aux gaz, aux obus, pour finir tué par l'un des siens. Aux États-Unis, le choc sera immense, à la mesure des funérailles nationales au cimetière d'Arlington, à Washington, et d'un mythe naissant. Big Jim passera à la postérité sous le surnom de « Martin Luther King de la musique ».

DEUXIÈME PARTIE

Arabella avait à peine pris le temps de boire un café. Dès son réveil, elle n'avait eu qu'une idée, retrouver Jeremy. Après les libations de la veille, la ville dormait encore, profitant de l'arrêt des combats, du silence octroyé par la paix. Seuls quelques soldats éméchés vacillaient toujours dans les rues. Au bureau des correspondants de guerre, on l'avait éconduite sans ménagement. Elle ne devait pas être la seule à s'intéresser à un journaliste !

— Ils sont tous en goguette, ma petite dame, lui avait lancé le gars en faction avec un clin d'œil goguenard. En train d'écrire leur article ou de cuver au café !

Alors Arabella avait fait le tour des bars, espérant chaque fois tomber sur la silhouette élancée et l'air de funambule de Jeremy. À quelques occasions, elle avait cru l'apercevoir, mais ce n'était jamais lui. Les hommes la hélaient, la sifflaient, lui proposaient un verre. Elle refusait poliment.

À la fin de la journée, défaite, Arabella rentre au foyer qui l'accueille quand elle tombe sur les sœurs Cromwell occupées à boucler leurs malles. Leur frère a organisé leur rapatriement, elles prennent le premier bateau pour New York. Arabella jure de leur écrire à son retour aux États-Unis, en sachant déjà qu'elle n'en fera rien. Abolies pendant la guerre, les barrières sociales ne tarderaient pas à réapparaître la paix revenue. De quoi pourraient-elles bien parler ?

Arabella a pris sa décision, elle se rendra à Paris, visitera Chartres et Reims. Contrairement aux sœurs Cromwell, elle n'aurait sans doute jamais l'occasion de revenir en Europe. Elle devait en profiter maintenant.

Où peut bien se trouver Jeremy ? L'inquiétude s'efface bientôt devant la colère. Elle n'avait pas rêvé, ils avaient dansé main dans la main, s'étaient embrassés, chuchoté des promesses dans le cou. Et il avait disparu comme il était apparu, en un clin d'œil. Du Tennessee à la Champagne, cet homme n'avait-il pas mesuré l'extraordinaire coïncidence de leurs retrouvailles, le sens qu'elles prenaient tout à coup dans l'espace et le temps ? Ne croyait-il pas aux signes ? Elle se remémorait ses premiers mots dans la rue de Châlons : « Miss Southie, nous sommes voués à nous rencontrer… » Alors pourquoi n'avait-il pas cherché à la retrouver ? Avait-il mieux à faire avec les Françaises qu'on disait si volages ? En ce cas, elle s'était juré de l'oublier.

Le jour du départ de Dorothea approchait.

— Revenons ensemble au pays, lui répétait son amie.

— J'ai besoin de voir autre chose que le Sud. C'est une chance inouïe ! Je rentrerai plus tard.

— Alors fais attention à toi, petite sœur.

Dorothea connaît la soif d'aventures d'Arabella, et elle s'inquiète. Sur qui tomberait-elle à Paris ? Comment vivrait-elle une fois le pécule maternel et ses quelques économies d'infirmière épuisés ? Elle avait senti très vite, peut-être même avant l'intéressée, qu'Arabella brûlait de quitter sa région où les femmes vivaient corsetées dans leurs traditions. Courageuse et terrifiée, amoureuse de la vie mais sujette à la mélancolie, fascinée par les animaux et désirée par les hommes, Arabella et son génie des contrastes lui manqueraient tant ! Au moins, elles s'écriraient, se donneraient des nouvelles, se reverraient sans doute. Après tout, l'Alabama n'était pas si loin du Tennessee.

À l'arrivée d'Arabella, Paris rime avec gris. Gris des trottoirs, des boulevards, des habits des gens qui se pressent sous le ciel laiteux. On lui a donné une adresse, un petit hôtel, l'Istria, rue Campagne-Première à Montparnasse, où pour vingt-cinq dollars par mois elle loue une chambre avec les toilettes sur le palier. Quand les murs semblent presque l'écraser, la jeune femme se porte d'abord à la fenêtre qui donne sur les toits de la ville. Puis dévale les escaliers pour prendre un bain de Paris. Elle déambule dans cette ville où tout la ravit, les allées du Luxembourg tout proche, le marché aux fleurs de la Madeleine, Notre-Dame et ses deux tours au garde-à-vous, la Seine indolente, les rues canailles, les avenues diplomatiques, les boulevards constellés de magasins où l'on ose à peine s'aventurer. Les femmes lui semblent si élégantes, silhouettes fines portant un parapluie et des gants, même les cousettes ont un genre, qui courent à leurs rendez-vous galants, un ruban flottant à leur chapeau. Tout l'étonne aussi, le froid qui pince ses mollets et l'oblige à empiler les chandails, les bistrots bondés d'où s'échappent des effluves de vin, mais aussi les radis, le foie de veau, la crème renversée, les tartines beurrées qui fondent sur le menton. Elle a faim de tout. Paris est une toile, un visage, un verre de chambéry fraisette, l'apéritif dont elle raffole. C'est comme si la guerre ici n'avait jamais existé malgré les absents et les légions d'amputés, de « gueules cassées » qui hantent les rues. Le front et sa pluie de sang paraissent lointains, déplacés, impensables. Dans un même élan, les Parisiens cherchent à oublier et Arabella oublie avec eux le grand carnage.

Au cours de cet hiver, la jeune femme soulage son budget en donnant des leçons d'anglais à des relations de sa logeuse. Deux francs par jour suffisent pour se loger, manger, se déplacer et boire un grog quand le froid a raison de sa fougue. Elle ne peut s'empêcher de penser à Jeremy, avec un mélange de regret et de rage. Elle l'imagine paradant devant un banc de mijaurées dans les salons lambrissés de Boston. « Bon vent, monsieur Parkman ! » L'expression lui échappe, à haute voix, en sortant du jardin des Tuileries. Un homme qui la croisait s'étonne, revient sur ses pas, se découvre de son chapeau devant elle – ce geste si français l'enchante toujours.

— Où courez-vous ainsi, jeune beauté, seule dans les rues de Paris ?

Mais elle est déjà loin.

Un matin, alors que la neige dessine aux rares passants une aura scintillante, elle entre dans un café de la Gaîté et surprend une conversation entre deux jeunes femmes au comptoir : des peintres recherchent des modèles rue de la Grande-Chaumière. L'après-midi même, elle se présente au seuil d'un atelier dans cette petite voie donnant sur le boulevard du Montparnasse. La porte s'ouvre sur un type entre deux âges à la barbe de cosaque parfumée à la térébenthine.

— Un franc les deux heures de pose, cela vous va ?

— Très bien.

— Parfait. On peut commencer tout de suite. Tu m'inspires. Déshabille-toi…

Encore hésitante sur son français, Arabella craint d'avoir mal compris.

— Pardon ?

— On ne te l'a pas dit ? Je ne peins que des femmes nues. Le poêle, c'est pour réchauffer les poulettes dans ton genre.

Arabella fronce les sourcils.

— Vous vous trompez, monsieur. Je ne suis pas une prostituée.

— Mais qui parle de putains ? s'énerve le barbu à l'haleine fromagère. Modèle, c'est un métier comme un autre. Et tu devrais te couper les cheveux, ça te dégagerait les épaules.

— Merci du conseil !

Elle n'en était pas réduite encore à enlever ses vêtements devant un étranger pour quelques francs ! En revanche, elle avait retenu la remarque du peintre et poussé la porte d'un coiffeur.

— Si court, vous êtes sûre ? lui avait demandé le jeune homme calamistré, ses ciseaux à la main. Vous n'avez pourtant rien d'une gouine…

Arabella ignore le sens de ce mot et s'en moque, impatiente d'assister à sa métamorphose dans le miroir. À mesure que volent les lourdes boucles, son cou paraît s'allonger, ses yeux de chat ont l'air de s'agrandir. Et curieusement, sa cicatrice semble s'estomper dans le nouvel ovale de son visage. La gamine du Tennessee a laissé place à une vraie Parisienne qui sourit d'aise devant la glace.

Elle rentre au crépuscule rue Campagne-Première. La neige n'a pas cessé de tomber, mais elle a dénoué son écharpe pour sentir la morsure de l'air froid dans son cou, accueillir ce baiser d'hiver adressé à une fille qu'elle ne reconnaît plus, mais qui lui plaît énormément.

Pour ce rendez-vous, elle a étudié sa toilette, une robe violette qu'elle s'est confectionnée en se souvenant des leçons maternelles, des gants en chevreau beige, un manteau à col de mouton trouvé au marché aux puces de Saint-Ouen. À l'Hôpital américain de Neuilly-sur-Seine, on lui offre gentiment un café et un verre d'eau. Arabella connaît le rôle de cet établissement, né en 1904 de la volonté de quelques notables de la communauté américaine. Pendant la guerre, un système d'ambulances, entièrement assuré par des bénévoles, a porté assistance aux soldats alliés. Arabella les a côtoyées, ces bonnes âmes, des femmes pour la plupart, et elle espère être engagée comme infirmière enseignante. Depuis 1914, des cours pour les infirmières débutantes sont dispensés en anglais.

Ses états de service ont rapidement convaincu la direction de l'hôpital. Elle donnera des cours deux fois par semaine et son salaire d'infirmière se montera à soixante dollars par mois, ce qui la met à l'abri du besoin.

Très vite, Arabella aime à retrouver les recrues avides de connaissances, fraîches et roses dans leur uniforme blanc. Elles apprennent facilement et découvrent les bases du métier avec fierté. La jeune femme évite d'évoquer les blessures de guerre : inutile de voir leurs yeux s'emplir de petites vagues brillantes. Et comment décrire l'épouvante des hommes, leur courage, les combats grondant de jour comme de nuit, les déluges d'acier ? Elle préfère leur parler des sœurs Cromwell, qui l'ont marquée et restent pour elle des modèles de douceur et d'efficacité professionnelle.

Ses élèves l'appellent respectueusement « miss Cox » tandis que ses rares copines infirmières la surnomment « Ara ». Ara aux cheveux courts, ça lui va.

Un jour, à la fin d'un cours, l'une des élèves, une petite rousse à la bouche molle, se précipite sur elle.

— Vous avez bien parlé des sœurs Cromwell ? demande-t-elle d'une voix flûtée.

— Oui, ce sont des amies. Pourquoi ?

— Eh bien, elles sont mortes…

— Que dis-tu ? répond Arabella en blêmissant. C'est impossible, elles sont rentrées saines et sauves en Amérique.

— Si, si, je vous assure. Mon frère me l'a écrit de New York.

— Mais que s'est-il passé, un accident ?

— Pas du tout, c'est un suicide. À Brest, elles se sont jetées du bateau encore à quai qui devait les ramener aux États-Unis.

La scène naît sous les paupières d'Arabella : deux sœurs vêtues de blanc plongeant dans l'océan… Elle revoit les Cromwell distribuer du pain et de l'eau aux soldats épuisés. On les surnommait « les Anges ».

Arabella s'assoit, les jambes coupées. Celles qui avaient sauvé tant de vies avaient mis fin à la leur. Après avoir traversé la boucherie de la guerre, pourquoi commettre un tel geste à trente-quatre ans ?

— Où reposent-elles ? demande-t-elle à la petite rousse.

— En France, au cimetière américain de Suresnes. Vous imaginez ça ?

Arabella se promet de s'y rendre le lendemain honorer la mémoire de celles dont l'abnégation et la bonté rayonnaient même au milieu de la boue. Pendant des semaines, elle sort moins en ville et observe une espèce de deuil.

Cet après-midi-là, elle vient de refuser une invitation à un concert à l'église américaine de Paris quand l'une de ses élèves l'interrompt pendant qu'elle se change au vestiaire.

— Mademoiselle, quelqu'un vous demande dans le couloir.

Arabella sort, intriguée, et se retrouve nez à nez avec Jeremy.

— Vous vous êtes coupé les cheveux, profère-t-il lentement.

Elle est si gracieuse qu'il éprouve une sorte de vertige devant sa métamorphose. Son maintien, ses gestes ne sont plus ceux de la garçonne va-t-en-guerre rencontrée dans le Tennessee et retrouvée à Châlons, mais d'une Parisienne sereine, sûre de ses charmes, presque sophistiquée.

— Très perspicace, répond-elle d'un ton glaçant. Vous avez eu raison de devenir journaliste.

Jeremy la dévisage, surpris par son agressivité. Quelle mouche la pique-t-elle encore ?

— Arabella, je vous ai cherchée partout.

— Visiblement pas à Châlons.

— Bien sûr que si, plaide ardemment Jeremy. Après vous avoir perdue de vue, j'ai tenté de vous retrouver pendant des heures. Mais souvenez-vous de l'état de la ville, la cohue, l'hystérie de la victoire… En rentrant, à l'aube, j'ai appris que le général Pershing tenait une conférence de presse à Paris. Impossible de rater ça ! Je suis parti à six heures avec mes confrères.

Elle le toise.

— Et vous n'auriez pas pu laisser un mot, prévenir quelqu'un ?

— J'ignorais où vous logiez ! Et à qui confier une lettre ?

— Vous auriez dû, voilà tout, conclut Arabella.

Il se rapproche au point qu'elle perçoit l'odeur de cuir de sa peau. L'effet est fulgurant. Ragaillardi, Jeremy semble plus animal, plus magnétique qu'à Châlons.

— Ça vous va à merveille, au fait.

— Quoi ?

Il n'avait pas oublié ce timbre sonore et rythmé du Sud.

— Cette nouvelle coiffure.

Des hurlements leur font tourner la tête. Une femme sur un brancard, visiblement à un stade de grossesse avancé et prise de contractions.

— Je dois y aller, hésite Arabella.

— Ah non, cette fois vous ne m'échapperez pas, mademoiselle Cox. Donnez-moi votre adresse, et ce soir, je vous invite au restaurant.

— Comme vous y allez ! répond-elle d'un air faussement outragé. On se connaît à peine.

— Assez pour s'être embrassés, si j'ai bonne mémoire, réplique Jeremy en étouffant un rire. Et pour ma part, je ne demande qu'à recommencer.

Arabella sourit malgré elle.

— D'accord pour le dîner, mais ce soir, je suis prise, ment-elle.

— Demain alors ?

— Après-demain.

La gorge nouée, il regarde s'éloigner sa silhouette élancée, ses chevilles d'argile. Il l'avait cherchée à Châlons et à Paris, la voyant partout, ne la trouvant jamais. Il avait eu l'idée de l'Hôpital américain après être passé par l'ambassade. Beaucoup de jeunes infirmières y travaillaient encore, lui avait-on rapporté. Il tentait sa chance partout, sonnait à toutes les portes. Le destin les avait fait se croiser deux fois, la troisième serait forcément la bonne. Arabella lui faisait l'effet d'une fièvre. Il n'avait jamais rencontré une fille comme elle, capable de lui tenir tête, de lui échapper, de jouer d'une tension qu'elle savait provoquer. À Châlons, il l'avait sentie devenir anguille, source, liquide entre ses bras, et cela lui avait plu, cette montée du désir, c'était inédit pour lui, plutôt jouisseur et expéditif en la matière. Il était mûr pour tomber amoureux, au fond de lui une lumière nouvelle clignotait. Sourire agrafé à la bouche, il quitte l'hôpital, indifférent aux nuages spongieux s'amoncelant au-dessus de Paris.

Deux jours plus tard, dans le décor Art nouveau du Grand Café Capucines, Jeremy lui détaille le menu mais Arabella le coupe aussitôt.

— En tout, monsieur Parkman, je sais ce que je veux. Ce soir, je prendrai des escargots au beurre, un pavé de bœuf à la béarnaise, cuit à point, suivi d'un baba au rhum au dessert. Je vous laisse le choix des vins. Mais j'aime bien le champagne…

Jeremy éclate de rire devant son aplomb et son appétit de nouvelles saveurs. Elle engloutit les escargots, redemande des frites, sauce son assiette avec du pain. Peut-être ne mange-t-elle pas à sa faim à Paris. Après tout, que sait-il de ses conditions de vie ?

— Alors, éclairez-moi un peu sur vos occupations. Quand vous ne défendiez pas la cause des éléphants, à quoi vous employiez-vous dans le Tennessee ?

En quelques phrases, Arabella raconte l'école quittée trop vite, le jovial Dr Garfield, les cours à l'hôpital de Kingsport. Elle élude le cas paternel, mais évoque sa mère avec une ombre sur le visage. Alors qu'elle la lui décrit, sa vie lui paraît soudain plate, insipide, comparée à celle du jeune homme. Boston, le métier de journaliste, sa famille richissime, ces bals dont elle lisait la chronique dans le journal, l'univers et les fréquentations de Jeremy l'intimident, ce qu'elle tente de cacher par de grands éclats de rire, de petites ironies et la commande d'une deuxième bouteille de champagne.

Jeremy se confie lui aussi et s'épanche sur son neveu, James, qu'il aime tant.

— C'est le petit garçon qui était avec vous le jour de l'accident ?

— Oui, il a sept ans, un vrai démon !

— J'ai cru que c'était votre fils.

— Mon fils ? rit Jeremy. Dieu m'en préserve. Non, ma sœur, sa mère, est partie s'exiler à Charlotte.

— Une autre sudiste ! s'esclaffe Arabella, déjà grise. Vous voyez, vous serez bientôt contaminé vous aussi par le Sud profond.

La nuit est rouge autour d'eux et la même joie contagieuse les saisit.

Dehors, le boulevard parisien ruisselle de lumière, draine la foule des noctambules, mais ils ont l'impression d'être seuls au monde, nimbés d'un halo de lumière. Jeremy lui prend la main, oblique dans une petite rue, pousse la première porte cochère et l'embrasse longuement. Il se sent durcir, Arabella ne peut que s'en apercevoir, elle y consent en l'étreignant plus fort. Ils vont ainsi, de porte en porte, titubant, n'arrêtant de s'enlacer que pour reprendre leur souffle. Le désir les enveloppe comme un océan. À une heure du matin, Arabella, échevelée, hèle un taxi.

— Vous rentrez déjà ?

— Je me lève tôt, se moque-t-elle. Je n'écris pas dans mon lit comme certains.

— Je travaille dur, moi aussi. Et je ne reste pas toute la journée allongé, hélas !

Jeremy courait en effet les ministères, le Palais-Bourbon, les commissariats, les cafés, les rues de la capitale, bref, tous les endroits où il pouvait glaner informations et témoignages. Il multiplie les sujets d'enquête dans le Paris de l'après-guerre : Jules Védrines, l'aviateur qui a posé son avion sur le toit des Galeries Lafayette pour une opération publicitaire ; l'acquittement de Villain, l'assassin du député Jaurès, et les manifestations qui s'ensuivent ; l'attentat contre le président du Conseil Clemenceau par l'anarchiste Cottin. Paris fourmille d'histoires, de personnages, ne dort jamais. C'est La Mecque des journalistes de talent. Sa notoriété grandit dans la presse américaine installée dans la capitale. Il ploie sous les demandes d'articles.

À l'arrière du taxi, Arabella pose son front sur la vitre rafraîchie par la subite averse. Rien de comparable avec les ouragans de Kingsport, les maisons en bois qui gémissent, tremblent et finissent par capituler devant le monstre qui aplatit tout sur son passage. Cette pluie de rien, ce pipi du ciel, la fait sourire. Tout lui semble drôle depuis qu'elle a retrouvé Jeremy.

Une douce routine s'installe entre eux. Le soir, quand son travail le lui permet, Jeremy l'attend devant l'hôpital, campé sur ses longues jambes de lévrier. Parfois sa douleur à la cheville se réveille, il boite sans pouvoir le cacher à la jeune fille, qui se garde bien d'aborder le sujet. Mais un jour la brûlure est si vive qu'elle oblige l'ancien soldat à s'asseoir un moment sur un banc du bois de Boulogne. Un orage en profite pour les surprendre.

— Allons nous abriter dans un café, propose Arabella.

— Ils sont rares dans le coin et tous surpeuplés à cette heure. J'habite tout près…

— Alors allons-y, crie Arabella. Mes bottines prennent l'eau.

La main de Jeremy tremble quand il ouvre la porte. Arabella ôte son manteau dégoulinant, soupire d'aise en enfouissant son visage dans une serviette. Jeremy l'attire près de son lit, la déshabille doucement. Après… après, le silence se fait. C'est l'amour qui parle et prend corps. Elle et sa peau de soie ; lui et ses muscles tissés fin dans le dos. Elle se love dans l'ombre végétale de ses bras, puis tout n'est plus qu'effleurements, bruissements, partage. Ils se découvrent et se reconnaissent à la fois dans le langage feutré des corps. Arabella contemple le visage laiteux de Jeremy après. Elle a oublié l'autre garçon, celui qui cherchait à la forcer à Kingsport. Tout ici semble fluide, naturel, riche de sens, et beau, surtout. Elle s'endort de plaisir sur la poitrine de Jeremy. Et se réveille dans une odeur de croissants chauds achetés dès potron-minet à la boulangerie du coin.

— Je vais devenir énorme, mon cher.

— Aucun risque, tu bouges trop. Tu es parfaite.

Et il le pense vraiment. Tous les soirs ou presque ils se retrouvent pour s'aimer. Cet homme n'est pas une simple rencontre, en quelques semaines il s'est révélé être une part d'elle-même. Elle se couche dans son odeur, elle se réveille en pensant à lui. Car, la semaine, Arabella rentre nuitamment chez elle en taxi, préservant ainsi un semblant de normalité dans leur vie. Rue Campagne-Première, elle grappille quelques heures de sommeil avant de prendre le bus pour l'hôpital. Dans les couloirs de l'établissement, ses collègues chuchotent derrière son dos.

« Cette mine extatique ! Ces cernes sous les yeux... Arabella a rencontré quelqu'un, et elle a l'air de bien s'amuser. »

Les reportages de Jeremy l'amènent souvent dans le quartier de Montparnasse. L'occasion de retrouver des confrères, des compatriotes à la Rotonde, au Dôme, à la Closerie des Lilas et de parler du pays. Les sujets ne manquent pas : le procès des anarchistes Sacco et Vanzetti dans le Massachusetts, la construction d'une tour en verre à Chicago, le refus des États-Unis d'adhérer à la Société des Nations. Entre l'essor du Ku Klux Klan et la loi sur la prohibition votée en janvier 1920, un vent mauvais souffle sur l'Amérique. Personne ne souhaite rentrer et se priver de l'air de liberté surréaliste que l'on respire à Paris.

Un soir, en pleine discussion avec des collègues sur l'attentat à Wall Street qui a fait une quarantaine de morts, Jeremy surprend le regard des journalistes se posant sur l'entrée du Dôme. L'œil gauche recouvert d'un bandeau, le bras en écharpe, une canne à la main, auréolé de son prestige de guerre, le meilleur d'entre eux, le chef du bureau parisien du *Chicago Tribune*, vient de pénétrer dans la brasserie. Jeremy bondit de sa chaise.

— Quelle joie de te revoir, Floyd !

— C'est un peu grâce à toi, répond Gibbons dans un large sourire.

— Félicitations pour les médailles, poursuit Jeremy sans relever l'hommage du « Journaliste trompe-la-mort », comme on le surnomme désormais. Ils sont rares, ceux qui ont reçu la croix de guerre et la Légion d'honneur des mains de Foch !

— Légion d'honneur, Légion d'horreur..., se moque Floyd. Tu te souviens ?

Les deux hommes échangent un regard silencieux. S'ils se souviennent ? De l'odeur ferreuse du sang, des derniers mots des copains morts, de ces corps agrafés aux branches du bois Belleau ? Le jour, dans son métier si prenant, Jeremy oublie ou jugule sa peur, mais des cauchemars le hantent la nuit. Sa cheville l'élance dès le réveil. Il ne consulte pas de médecin, de crainte qu'on lui dise qu'il doit ralentir le rythme et que la douleur l'accompagnera à vie. Enfin, il ne va pas se plaindre devant la tête de cyclope de Gibbons. Ils commandent un deuxième verre, puis un autre, leurs rires se font de plus en plus sonores, gutturaux. On ne va pas se quitter comme ça, ce n'est pas le genre de la maison. Floyd propose de continuer la soirée en face, à la Coupole. Il y a toujours un nouvel arrivant, une fête ou un anniversaire à célébrer, un bon mot à rapporter, une blague à faire.

— Arabella Cox, descendez vite ! crie Jeremy.

Des fenêtres ouvertes de sa chambre, Arabella entend un bruit de klaxon prolongé. Elle enfile ses chaussures et dévale les marches.

— Que se passe-t-il ?

— Votre carrosse est avancé, ma princesse sudiste.

Et de s'écarter devant une vieille Ford T d'un bleu délavé par les années.

— Merveilleux. Où l'as-tu trouvée ?

— Chez un garagiste de la porte d'Orléans. Un vrai filou qui en voulait une fortune. Il croyait voir arriver l'un de ces richards américains.

— C'est le cas, non ? plaisante-t-elle.

— Pas une raison pour se faire plumer !

Entre le *trust fund*, ce fonds financier créé par son père qu'il a pu toucher à l'âge de vingt-cinq ans, et son salaire de journaliste, il n'est pas à plaindre, quand beaucoup d'autres Américains déferlant sur Paris tirent le diable par la queue.

— Allez, monte, miss Southie, je t'emmène.

— Et mon job ? proteste mollement la jeune femme. Des patients m'attendent…

— Téléphone à l'hôpital et fais-toi porter pâle pour une journée ! Tu l'as bien mérité. Où voudrais-tu aller te promener ?

— Au cirque.

— Va pour le cirque.

Arabella avait entendu parler du cirque Medrano et de ses clowns, les Fratellini, qui faisaient se tordre de rire la capitale, mais elle avait surtout envie de revoir des animaux, et les premiers d'entre eux, ses favoris, les éléphants. Même si elle avait changé d'opinion sur leurs conditions de captivité et leur « métier » d'artistes après ses discussions new-yorkaises avec Elizabeth.

Elle renoue avec l'émotion, la frénésie des gradins, les ronds de lumière des projecteurs tachetant la piste circulaire, les clowns en haut-de-forme, les acrobates survolant l'abîme, les cracheurs de feu, l'odeur caramélisée des pommes d'amour, les caramels qui collent aux dents, les gobelets de cidre, le crottin de cheval, et derrière tout cela, le souvenir de sa grand-mère qui l'avait initiée à ces plaisirs. Jeremy lui caresse les doigts. Mais quand les éléphants apparaissent, elle les retire et bat des mains. Son visage s'éclaire, retrouve des airs d'enfance.

— Ils sont si beaux ! Sais-tu que les cirques préfèrent les femelles, plus dociles, et venant d'Inde ?

— Non, je l'ignorais.

— Et que le dressage ne débute qu'à trois ans ?

— Pas plus.

— Aucune femelle ne vit avec un mâle…

— Regarde plutôt les numéros, répond Jeremy, amusé par le contraste, cette jeune femme d'à peine vingt ans, subtile, naturellement sophistiquée, et ces monstres gris tout droit surgis de la préhistoire.

En sortant, Arabella se précipite vers la ménagerie, achète une botte de carottes et la tend à une bête qui l'engloutit après l'avoir reniflée avec sa trompe munie d'une seule lèvre.

— Regarde, il peut avaler jusqu'à deux cents kilos de nourriture par jour !

— Je ne paierai pas le restaurant.

La jeune femme enjambe prestement la barrière de sécurité séparant l'éléphant du public et effleure la peau rugueuse de ses doigts. L'animal se rapproche et glisse doucement sa trompe autour de la taille d'une Arabella aux anges. On dirait qu'il l'a reconnue. Un type du cirque surgit, furieux.

— Vous êtes folle ou quoi, mademoiselle ? Vous savez qu'il peut vous piétiner ?

— Non, je ne crois pas, riposte la jeune femme. Les éléphants savent à qui ils ont affaire.

— Un coup de trompe et ils vous explosent le crâne ! cingle l'homme, agacé par l'arrogance de ce tendron.

— N'ayez crainte, je les connais bien, réplique-t-elle en posant ses lèvres sur la trompe de l'animal.

— Allez, ouste ! Dégagez ou j'appelle la maréchaussée.

Arabella repasse derrière la barrière et toise l'homme du cirque.

— J'espère que vous les soignez correctement, au moins.

Sur le chemin du retour, les yeux brillants, elle rassure Jeremy.

— Un éléphant ne devient pas agressif comme ça, tout d'un coup. Il a la politesse de te prévenir en barrissant ou en rabattant ses oreilles.

— Je vois que j'ai affaire à une vraie spécialiste !

— Moque-toi ! Ces animaux nous ressemblent sur quantité de points ! La mémoire, le deuil, l'amitié…

— Ma petite scientifique, je te crois, lui glisse-t-il à l'oreille. Un jour, je t'emmènerai en Afrique les admirer.

Pour l'instant, le bleu de son regard est le seul pays où il a envie de séjourner. Mais la jeune fille semble troublée.

— À quoi penses-tu, ma chérie ?

— Rappelle-toi, c'est un éléphant qui nous a réunis à Kingsport. Un jour atroce et merveilleux à la fois.

— J'y ai songé pendant tout le spectacle, répond Jeremy.

— Elle s'appelait Mary.

— Que fait-on ce soir ?

— J'ai rendez-vous au cabaret de Bricktop pour mon entretien avec elle en vue d'un portrait.

— Je t'accompagne ! Pas question de rater ça.

Arabella rayonne. Elle a plaqué ses cheveux en arrière avec du gel, accroché deux pendants nacrés à ses oreilles et se demande si elle ne va pas enfiler la longue robe de Paul Poiret offerte par Jeremy la semaine dernière.

Ils habitent ensemble désormais et n'en font pas mystère, dans leur milieu cela ne choque personne. Jeremy a déniché un appartement dans le fameux immeuble à gradins recouvert de faïence de la rue Vavin, à deux pas du jardin du Luxembourg. Pendant le service d'Arabella à l'hôpital, installé dans une pièce qu'il s'est réservée, il tape sur son Underwood Standard les articles qui l'ont rendu célèbre. Le dernier en date était consacré à sa compatriote, Sylvia Beach, la propriétaire de la librairie Shakespeare & Company, qui fait aussi bibliothèque de prêt, établie rue de l'Odéon. Sylvia a transformé ce lieu en une sorte de club privé, de salon littéraire où les Américains exilés à Paris aiment à se retrouver. On vient à la librairie découvrir les parutions, prendre des nouvelles du pays, parfois se faire prêter de l'argent. Jeremy est tombé sous le charme de Sylvia et de sa compagne Adrienne Monnier, libraire et poétesse. Devenu un habitué des lieux, il s'est lié d'amitié avec un Irlandais aux lunettes rondes, amateur de nœuds papillons, un certain James Joyce, un génie d'après Sylvia, qui a édité à ses frais son premier roman, *Ulysse*.

Le désir les aiguillonne toujours. Ce soir, Jeremy se retient de passer la main sous la robe rose saumon qui semble moulée sur la jeune femme. Mais le rendez-vous avec Ada Beatrice Smith, dite « Bricktop », la chanteuse de jazz aux cheveux rouges et à la voix rauque, ne peut attendre. Elle vampe tout Paris au Grand Duc, la célèbre crypte de la rue Pigalle aménagée en cabaret et fréquentée par le couple Fitzgerald. Ni blanche ni noire, cette « gardienne de saloon », comme elle se définit, attire par sa bonne humeur contagieuse et son jeu de jambes frénétique.

Toujours aussi pétulante, elle les régale d'anecdotes amusantes.

— Un soir, je vire l'écrivain John Steinbeck de mon club à Vancouver pour comportement inacceptable. Et voilà qu'il m'envoie un taxi entièrement rempli de roses pour se faire pardonner ! Ce qu'il y a de bien avec les hommes, c'est qu'on trouve toujours plus maladroit. Vous ne le croirez jamais, mais un jour un lourdaud de Nordique s'est effondré sur moi et m'a cassé une jambe.

— Cela ne vous a pas empêchée de devenir la reine du charleston, glisse Jeremy.

En un clin d'œil la danseuse remonte sa tunique blanche, découvrant deux cuisses bien galbées.

— Comment tu les trouves, mes gambettes, chéri ?

— Magnifiques, s'exclame Jeremy, en taisant qu'il en a vu un peu plus, Bricktop ne portant pas de culotte.

— Alors, *honey*, toujours exhibitionniste ? lance une voix derrière eux.

— Ah, voilà mon amour de Blackie ! s'exclame Bricktop. Je ferais bien de me tenir à carreau.

Le jeune homme qui leur fait face flotte dans une veste en tweed. Il arbore un large sourire et ses dents brillent comme la lumière d'un phare sur sa peau d'acajou. Il n'est pas beau, mais il semble phosphorescent tant ses yeux sont lumineux. Ses lèvres ont une courbe sensuelle et l'on ne peut détacher son regard de lui.

— Bonsoir, la compagnie ! Je suis William Vernon, *alias* Kid.

Arabella et Jeremy se présentent à leur tour, et pendant que ce dernier finit l'entretien avec Bricktop, Arabella et l'inconnu se serrent sur la banquette grenat.

— Vous êtes à Paris depuis longtemps ? demande Kid.

— 1918, la fin de la guerre. Et vous ?

— Moi aussi. Je n'avais pas envie de rentrer en Amérique. Là d'où je viens, on n'aime guère les Noirs.

Arabella a reconnu l'accent traînant du jeune homme.

— Vous êtes du Sud, comme moi.

— Oui, pour le meilleur et pour le pire, rit le jeune homme.

— Et d'où exactement ? demande Arabella en observant Jeremy du coin de l'œil.

Sa façon de regarder la danseuse lui déplaît, l'angoisse même. Elle vide son verre de gin tonic pour chasser le sable qui lui colle au palais. C'est la première fois qu'elle éprouve une telle sensation, une sorte de constriction de la gorge qui descend sur sa poitrine et gagne le cœur, l'étau physique de la jalousie, le prix à payer de l'amour.

— Alors, d'où venez-vous ? répète-t-elle à l'adresse de Kid dont elle n'a pas entendu la réponse.

— D'un patelin que vous ne situeriez pas sur la carte. Erwin, dans le Tennessee.

Arabella sursaute comme si un frelon s'était introduit sous sa jupe.

— Erwin ? Ce n'est pas possible.

— J'ai bien peur que si. Notre seul titre de gloire est d'avoir pendu un malheureux éléphant.

— Chéri, écoute ça ! lance-t-elle à Jeremy, pas mécontente de capter son attention et de l'arracher aux œillades de Bricktop. Monsieur vient d'Erwin !

Jeremy dévisage Kid puis éclate d'un rire tonitruant.

— Qu'y a-t-il de si drôle ? demande Kid, interloqué.

— Je suis née à quelques kilomètres d'Erwin, à Kingsport, explique Arabella. Et j'y ai passé toute ma jeunesse. C'est là que nous nous sommes rencontrés, Jeremy et moi, le 12 septembre 1916. Et le lendemain, nous étions à Erwin quand Mary, ce pauvre éléphant, a été pendue à une grue.

Arabella raconte l'accident à la parade de Kingsport, puis leurs vains efforts auprès des autorités de la ville pour sauver l'animal.

— Dire que nous étions à quelques mètres les uns des autres ! s'exclame Jeremy. Et toi, que faisais-tu ce soir-là ?

C'est une longue histoire que Kid retrace en quelques phrases : la traque raciste qui l'a jeté sur les routes, son arrivée à New York, ses débuts de musicien, son engagement dans le 369e régiment d'infanterie, les *Harlem Hellfighters*, l'offensive dans l'Argonne.

— J'ai connu les combats plus à l'ouest, au bois Belleau, près de Château-Thierry..., précise Jeremy, qui semble avoir oublié Bricktop au profit de l'Histoire, son histoire.

— Et moi, je travaillais comme infirmière à Châlons-sur-Marne.

— Incroyable ! s'esclaffe Kid. On se trouvait tous les trois à peu près à égale distance, sur une ligne d'une centaine de kilomètres !

— Si tu as débarqué à Brest avec les *Harlem Hellfighters*, tu as forcément rencontré le grand musicien James Reese Europe ? demande Jeremy.

— Et comment ! s'exclame Kid. Big Jim était comme un grand frère pour moi. Je lui dois à peu près tout. C'est une perte terrible pour les Noirs, pour l'Amérique entière. J'y pense tous les jours.

— Oui, ajoute Jeremy. Sa mort m'a d'autant plus touché qu'elle s'est produite à Boston, où j'ai grandi.

— Je m'incline devant tant de coïncidences et je vais vous laisser ! lance soudain Bricktop, amusée, en se levant de table. Je crois que vous avez plein de choses à vous raconter.

Le trio trinque au Tennessee, à la paix, aux éléphants, au repos de l'âme de Big Jim. À un moment, Kid prend sa clarinette et la nuit s'évanouit doucement sur l'air de *Froggie Went A-Courtin'*. À la sortie du long couloir du Grand Duc à l'aube, personne ne veut se séparer. Après tout, on était déjà liés ! Kid propose à ses nouveaux amis de les emmener dans une cave où les musiciens noirs se rendent pour jouer, après leurs numéros dans les cabarets parisiens. On ne fait pas plus « underground ».

De verres à la Closerie, au Jockey ou au Bateau ivre, de virées nocturnes en danses paillardes ou en chants hasardeux, Arabella, Kid et Jeremy ne se quittent plus. Les deux hommes s'entendent à merveille et partagent les mêmes silences quand ils évoquent la guerre, les mêmes rires quand ils parlent des filles – dans les deux cas, toujours loin des oreilles d'Arabella. Avec elle, Kid entretient un tout autre rapport. C'est la première fois qu'elle discute avec un Noir, et lui n'avait pratiquement jamais approché une Blanche. Les questions de la jeune femme sont nombreuses, souvent naïves, parfois déconcertantes. À quel âge perçoit-on sa différence de couleur ? Pourquoi les Noirs ne se mêlent-ils pas au reste de la population ? Comment demeurer croyant quand la Bible est invoquée pour justifier les pires crimes ? Dérouté, Kid tente de répondre honnêtement à ces interrogations souvent teintées de préjugés ou d'ignorance. Mais il la sait avide de comprendre, empreinte de bienveillance, et il est fasciné par sa conversation, son caractère entier, sa tournure d'esprit. En elle, il s'est découvert une complice, une sœur.

— Cela te dirait de venir jouer de la clarinette pour les malades à l'hôpital ?

— Je n'osais pas te le demander !

Le concert improvisé avait emballé les alités et provoqué la fureur de l'infirmière en chef. Une course effrénée s'était ensuivie dans les couloirs blancs, rythmée par leurs rires de gamins. Ils jubilaient. Quelle farce ! Arabella pouvait à peu près tout se permettre. Elle venait d'être élue infirmière de l'année, et l'amour de ses patients lui valait une immunité professionnelle absolue.

Les nuits passées dehors, les journées chargées en soins à l'Hôpital américain n'empêchent pas Arabella de virevolter, toujours fraîche et partante pour des périples en Ford T. Les dimanches à trois sur les bords de la Marne, à boire le vin blanc des guinguettes, à faire la sieste au soleil en chapeau de canotier, c'est son idée. Comme les excursions dans la forêt de Fontainebleau, à la cathédrale de Reims, au château de Chambord ou dans les restaurants de moules-frites deauvillois. Un été, ils poussent même jusqu'à Saint-Raphaël, où ils bronzent presque nus dans des calanques à l'abri des regards.

On les reconnaît désormais partout, on les invite, on les fête dans la communauté américaine de Paris. Ils dessinent le nouveau visage de l'Amérique, jeune, énergique, interraciale. Et qu'importe si de mauvaises langues fantasment sur un prétendu ménage à trois.

— Jeremy ! Kid ! s'égosille Arabella dans l'entrée de l'appartement de la rue Vavin. Vous savez où j'ai posé les tickets pour le cirque de la porte de Vincennes ?

Kid et Jeremy seraient bien en peine de répondre. La bouche pleine de cigarettes rougeoyantes, ils s'amusent au salon à imiter les artistes du feu.

— Les garçons, arrêtez vos bêtises, vous allez tout brûler ici. Les rideaux pour commencer !

Prestement, elle leur enlève les Bastos des lèvres et les écrase dans un cendrier. Parfois, malgré son jeune âge, elle a l'impression d'être une maman gendarmant ses garnements.

— Dépêchez-vous, nous allons être en retard.

Elle aime arriver bien avant le spectacle pour découvrir les étals de confiseries, les miroirs déformants, les stands de jeux. Des hommes en veston à larges revers et des femmes en chapeau s'écartent en maugréant pour laisser passer les trois Américains bras dessus, bras dessous. Arabella s'arrête devant le stand d'une Gitane aux cheveux tressés jusqu'aux fesses.

— Si l'on se faisait lire l'avenir dans les lignes de la main ? propose Arabella.

— Ah non, j'ai horreur de ces trucs, réplique Jeremy.

— Mais c'est amusant ! Fais-le pour moi, implore-t-elle.

— Que veux-tu qu'on nous révèle de mauvais, mec ! renchérit Kid. On a traversé l'enfer, rien ne peut plus nous arriver.

Jeremy reste réticent, ces histoires de romanichels le mettent mal à l'aise.

— Allez, ma jolie, donne-moi ta main, insiste la diseuse de bonne aventure.

— La voici. Que vois-tu ?

— Je vois… des voyages lointains. Et du succès, beaucoup de succès.

— Ça me va, s'amuse Arabella.

— À mon tour, réclame Kid, en tendant sa paume rose.

La femme s'illumine d'un sourire.

— Ton âme est douce comme la musique…

— Pas faux ! la coupe Jeremy.

— Mais tu as des lignes de guerrier. Je pense que tu te battras encore. Tu es du genre à ne pas te laisser marcher sur les pieds, je me trompe ?

Il fronce les sourcils : les combats, c'est terminé, il en a trop vu.

— À vous, mon beau monsieur.

Jeremy n'a pas le temps de retirer sa main qu'elle se trouve déjà dans celle de la voyante. Qui détourne bientôt les yeux en laissant échapper une grimace.

— Qu'y a-t-il ? demande soudain Arabella, alarmée.

— Rien, ma belle. Je ne vois rien, c'est tout. Cela arrive parfois. Certains destins sont impénétrables.

— La prochaine fois, je vous apporte du marc de café, ironise Jeremy. Vous aurez peut-être plus de chance.

Arabella lui envoie un coup de coude dans les côtes.

— Je vous en souhaite, de la chance, monsieur, riposte la Gitane. Pour vous, ce sera gratuit.

Le trio s'éloigne, perplexe. Mais ils oublient vite l'incident devant les premiers enclos de la ménagerie. Il y a tant à voir, des cobras noirs qui dansent, des chimpanzés qui s'épouillent dans leur cage, des perroquets qui font la conversation aux badauds, et bien sûr des éléphants, la taille ceinte d'ornements, harnachés de draps rouges. Depuis quelque temps, Arabella en dessine au fusain. Sous sa plume fine naissent des troupeaux entiers, des femelles puissantes, des éléphanteaux sur lesquels est juché un nain. Telle une photographe, elle peaufine les détails, l'œil vif de tel animal, l'oreille déchirée d'un autre, la réaction effrayée ou ardente d'un gamin au premier rang.

Mais aujourd'hui, en regardant les éléphants évoluer face au public ébaubi, elle éprouve un malaise croissant. D'autres images, plus cruelles, viennent la visiter. Le calvaire de Mary, ligotée, enlevée dans les airs, les cris de hyènes de la foule d'Erwin s'invitent sur la piste innocente et bon enfant du cirque de Vincennes. Elle ferme les yeux pour chasser ces visions, mais quand elle les rouvre, elle ne voit parader que des bêtes contraintes, des petits séparés de leur mère, des animaux dressés pour le bon plaisir du public et le profit du directeur du cirque. Elle l'avait pressenti sans trop y croire après ses discussions avec Elizabeth à New York, ce genre de spectacles ne l'amuse décidément plus. Ils la dégoûteraient même.

— Comment avez-vous trouvé le show des éléphants ? demande-t-elle, incertaine, aux deux garçons, en s'éloignant du chapiteau.

— Il y a quelque chose de cruel à les faire défiler ainsi, répond Kid. Ils ne sont pas nés pour déambuler habillés de paillettes ou s'asseoir comme des automates sur un tabouret.

— Je suis sûr qu'on les frappe ou qu'on les drogue pour leur faire endurer un tel traitement, renchérit Jeremy.

— Ils ressemblent à des esclaves, ajoute Kid. Enchaînés, privés de liberté, brisés sans doute de l'intérieur.

— On devrait boycotter les cirques, s'enflamme Jeremy. Et les zoos où les animaux s'étiolent et crèvent à petit feu. Kid, sais-tu qu'un éléphant ne doit jamais s'asseoir ? Si on le force, son poids cause de sérieux dégâts à ses intestins. Sans compter les risques d'arthrose… Dans la nature tu ne verras jamais une bête dans cette position.

— Bravo, Jeremy, tu as bien retenu mes leçons, répond Arabella qui s'essaie à sourire.

Mais aucun des trois n'a le cœur à se réjouir. Pour la première fois depuis longtemps, ils se quittent avant le coucher du soleil. Silencieuse, Arabella songe aux éléphants, à leur prééminence dans l'ordre des espèces. Ils foulaient la surface de la Terre bien avant les hommes. Pourquoi leur confisquer la beauté du monde ? Elle ne peut attendre qu'un jour l'humanité entende la voix du cœur. D'ailleurs, à voir le public de plus en plus nombreux se presser dans les cirques et les zoos, elle n'en prend pas le chemin. Son caractère entier ne s'accommode pas de ce statu quo. Comme toujours de son point de vue, il faut agir.

Le lendemain, chiffonnée par une nuit quasi blanche, elle refuse le croissant que Jeremy tente d'enfourner gaiement entre ses lèvres.

— J'ai trouvé la solution. On va libérer les éléphants !

Jeremy lève les yeux au ciel.

— Et tu comptes t'y prendre comment, ma belle ? Les faire sortir de la piste, les mener à la queue leu leu dans Paris et les ramener chez nous ? J'ai peur qu'on soit un peu à l'étroit, avec un troupeau.

— Je pensais à une action symbolique à même de marquer les esprits. Libérer un animal et l'emmener dans une forêt ou à la campagne…

Jeremy ressent l'amour qu'il porte à Arabella lui serrer le cœur. Cette fille ne doute ni n'a peur de rien. Cette témérité lui rappelle quelqu'un, un certain Jeremy Parkman qui demandait tout à la vie, qu'aucun obstacle n'arrêtait avant la guerre. C'est peut-être pour cela qu'il l'aime autant.

Quelques jours plus tard, avant d'investir la scène du Bal nègre, un cabaret antillais où il se produit tous les soirs rue Blomet, Kid relance la discussion.

— J'ai bien réfléchi à l'idée d'Arabella. On peut sauver un éléphant.

— Mais vous êtes tous les deux tombés sur la tête ! réplique Jeremy, pas dupe de l'évidente complicité des deux autres. Un éléphant ne vit pas d'amour et d'eau fraîche, les enfants. Prenez un corniaud comme animal de compagnie !

— Écoute, reprend Kid. On attend qu'un cirque se produise près de Paris. On vole une bête. On l'emmène dans les bois, à Boulogne ou à Vincennes par exemple, puis on trouve un paysan pour la nourrir. Rien de plus simple.

— Ou alors, on s'empare d'un bébé privé de sa mère, renchérit Arabella. Il mange moins et on peut le planquer !

— Je vous laisse délirer, les amis, j'ai du boulot. À ce soir.

Jeremy a rendez-vous avec le peintre Man Ray aujourd'hui, grâce à sa maîtresse, la fameuse Kiki de Montparnasse, ravie que Jeremy lui ait consacré un portrait. Muse, modèle de Foujita et de Modigliani, Kiki croque aussi des soldats américains et britanniques à la Rotonde. L'article a tellement plu en Amérique que des lecteurs font le voyage jusqu'à Paris et se pressent au Jockey pour apercevoir « la Reine de Montparnasse » qui danse sans dessous et fait pipi en public.

À peine Jeremy a-t-il quitté la pièce que Kid et Arabella en reviennent à leur nouvelle passion commune. Il faut prévoir des quintaux de nourriture pour l'éléphant, des racines, des tubercules, des feuilles, des fruits, et des bottes de paille pour lui faire un lit.

— Sais-tu pourquoi les éléphants ont la peau plissée ? plaisante Kid.

— Pour lutter contre le soleil ? Ils s'aspergent de poussière et de boue quand il fait chaud.

— Tu n'y es pas. C'est parce qu'ils ne tiennent pas sur la table à repasser.

Arabella rit de bon cœur, un rire sonore à faire tomber les verres de la table. Kid adore l'entendre, voir son visage changer d'expression en une seconde au gré de ses humeurs et de ses convictions. En elle, il a trouvé l'amie idéale. Les lèvres mi-closes sur des dents parfaites, elle l'écoute avec attention, puis lui pose une foule de questions. En toutes occasions, elle se montre généreuse et droite, et surtout lui fait sentir qu'il appartient au même monde qu'elle, un monde qui n'est ni blanc ni noir, mais riche d'une palette de nuances, auquel tous les hommes, sans exception, apportent leur touche. C'est plus simple à Paris, où on les regarde à peine lorsqu'ils marchent côte à côte dans la rue. En Amérique, ce serait différent, périlleux même, mais il est persuadé que la générosité et la simplicité d'Arabella s'exerceraient de la même façon, au mépris des conventions. Au début, Jeremy et elle payaient pour lui les divertissements et les notes de bar. Sans le sou, Kid devait se priver de presque tout et en était mortifié. Aujourd'hui il gagne mieux sa vie et c'est lui qui les invite souvent dans des clubs. Il a ses entrées partout, chez Bricktop bien sûr, au Dingo Bar, rue Delambre, où il copine avec Jimmy, l'ancien boxeur anglais devenu barman. Certains jours, Kid se dit qu'il vit un rêve, que le réveil sera violent. Lui, le gosse mal nourri du Tennessee, l'orphelin de père, le garçon menacé de lynchage, sirote du champagne avec les meilleurs des compagnons, qui pour ajouter une touche au tableau surréaliste se trouvent être blancs. Il est déterminé à rester à Paris, malgré les lettres de sa mère regrettant son absence. Il sait qu'elle vieillit et il souhaite aussi revoir son frère et sa sœur, mais les faire venir en Europe est impossible. Et sa place est ici. Le jazz attire les foules, il joue comme il n'a jamais joué. C'est Big Jim qui en aurait été heureux ! Les ombres du dernier conflit mondial planent encore sur cette belle vie. Jeremy et lui en discutent souvent avec ardeur. Ils avaient tous deux combattu avec bravoure, sans faire la même guerre. Kid avait connu la peur, bien sûr, mais pour lui l'énergie, l'excitation primaient pendant les assauts. Pour un peu il se serait cru dans un jeu, un jeu atroce, mais un jeu. Jeremy avait découvert l'angoisse, elle avait fait son lit en lui et le tenaillait encore la nuit, plus lancinante que sa douleur à la jambe. La guerre avait en quelque sorte affranchi Kid de sa généalogie d'esclaves, elle l'avait libéré.

— Tu veux que je te prépare quelque chose à manger ? demande Arabella, le tirant de sa rêverie.

— Un sandwich. Avec beaucoup de camembert !

— Jamais rassasié ! Tu manges toutes les trois heures, comme les bébés.

— Tu n'as jamais eu faim, toi !

La joie l'inonde. En ce moment précis, Kid se sait heureux, ils vivent ensemble le meilleur de leur jeunesse. Il passe de plus en plus de temps chez Arabella et Jeremy. II s'y écroule même, les soirs de grande fatigue. Jeremy le moque gentiment à ce sujet.

— Dis, tu ne veux pas résilier ton bail rue Lepic ? Puisque tu vis déjà sur ce canapé !

Dans sa chambre de bonne montmartroise, il meurt de chaud l'été et grelotte l'hiver. Mais il chérit son indépendance, c'est la première fois qu'il jouit d'une chambre pour lui seul. De plus, il ne veut pas s'imposer chez les amoureux, gêner leur intimité.

— Chacun chez soi, c'est mieux. Et imagine la tête de la concierge si je venais vivre avec vous !

La vieille Bretonne le lorgne du coin de l'œil et balaie derrière lui comme s'il salissait les escaliers rien qu'en les empruntant ! Kid ne dit mot. L'habitude.

Un mois passe sans qu'on reparle d'éléphants. Kid a fait une nouvelle conquête, une comédienne, et tous les quatre sont partis en week-end à Étretat. Arabella dessinait les falaises blanches au fusain, Jeremy les photographiait et prenait des notes pour une commande du *National Geographic*, pendant que Kid serrait de près sa nouvelle dulcinée sous le vent normand.

Au retour, Arabella est allée se recueillir sur la tombe des sœurs Cromwell au cimetière de Suresnes, avec Kid.

— Comment peut-on se suicider à trente-quatre ans ? souffle celui-ci.

— Les jumelles avaient vu trop de souffrances et d'horreurs à Châlons. Elles ne reconnaissaient plus ce monde. Elles n'aimaient que la beauté.

La complicité de Kid et d'Arabella s'était encore resserrée. Souvent, Jeremy n'était présent qu'en pensée. Au même moment, il travaillait rue de Fleurus, chez Gertrude Stein. Après les articles et la radio, il ambitionnait de se lancer dans un roman et sollicitait des conseils auprès de l'écrivaine. Chez elle, il a fait la connaissance d'un garçon de Chicago, un confrère du *Toronto Star* nommé Ernest Hemingway, qui rêve d'écrire le « grand roman américain ». Le jeune homme à la fine moustache, parfois coiffé d'un béret, l'a entraîné quelquefois chez Lipp pour déjeuner d'une salade de pommes de terre et d'une bouteille de bourgogne. Blessé sur le front italien, Hemingway a lui aussi vu mourir des copains.

Coiffée et vêtue chaque fois différemment pour ne pas éveiller l'attention, Arabella avait multiplié les repérages derrière la porte d'Orléans. Une éléphante à la peau d'oignon froissée et à la mine triste s'ennuyait ferme dans un petit zoo installé à Issy-les-Moulineaux. Elle paraissait mal nourrie, lasse, sa trompe qui retombait faisait pitié, comme ses oreilles flétries telles d'immenses feuilles desséchées.

Ce soir, ils s'y rendent tous les trois. Jeremy se dit sceptique sur le succès de l'entreprise mais il ne peut rien refuser à Arabella. Il espère secrètement que, confrontée à la difficulté de voler un éléphant, la jeune femme renoncera à son projet. Quand ils pénètrent sous le chapiteau, les spectateurs suivent déjà, bouche bée, les arabesques du funambule rythmées par des roulements de cymbales. Quelques minutes de figuration dans le public, puis les trois amis s'éclipsent, la voie est libre du côté de la ménagerie. Ils n'ont rien prévu, à part emmener un pachyderme. Qu'en feront-ils ? Mystère. Ils le laisseront sans doute dans la forêt de Meudon, assez proche. Jeremy secoue la tête. Ce plan improvisé est voué à l'échec, ce n'est rien qu'une lubie de gamine excitée d'agir enfin « pour de vrai ».

Arabella se glisse dans l'enclos, flatte l'éléphant de la main, lui chuchotant à l'oreille, l'animal tourne lentement sa tête et la regarde de son œil mi-clos rond, brun, inexpressif. Elle s'apprête à ouvrir la lourde porte en grand quand un sifflement de Kid la prévient. Un type fardé de blanc et affublé d'un nez rouge se dirige vers eux, avant d'entrer dans une roulotte. Fausse alerte… Arabella retente sa chance avec l'éléphant. Les pattes plantées au sol, comme prises dans du ciment, l'animal ne bouge pas d'un iota malgré les mots doux et les encouragements de la jeune femme. Sans doute croit-il qu'on vient le chercher pour un énième spectacle.

— Tu aurais dû apporter des pommes de terre ou des carottes, lui glisse Jeremy, avec un sourire en coin.

Des éclats de voix, des rires derrière eux, le chapiteau dégorge de petits groupes excités. Le spectacle vient de s'achever. Il faut lever le camp.

— La prochaine fois, on devrait se munir d'un bâton, comme les soigneurs, commente à mi-voix Kid dans le taxi qui les ramène à Paris. Les éléphants y sont habitués.

— J'en fabriquerai un à l'hôpital, dit Arabella. On dispose de tout là-bas, même de bois. Mais sans crochet, pour ne pas le blesser. Un éléphant qui a eu mal s'en souvient toute sa vie.

Depuis quelques semaines, Arabella fréquente la Bibliothèque nationale et consulte des quantités d'ouvrages sur les éléphants. En anglais quand elle a la chance d'en trouver, et en français, langue qu'elle maîtrise de mieux en mieux, elle engrange les informations : soixante-dix ans de vie en moyenne, cinq tonnes à l'âge adulte, trois mètres de haut au garrot, deux cent cinquante kilos de nourriture par jour, vingt-deux mois de grossesse, etc. Elle a même décroché un rendez-vous au Jardin des Plantes avec un spécialiste des pachydermes. Durant un après-midi entier, il lui a fait partager ses lumières sur le géant de la jungle et des savanes.

— Ces cimetières où ils se cacheraient pour mourir à l'abri des regards, c'est un mythe, explique le savant. Mais il est vrai que chaque éléphant a son histoire, sa sensibilité, sa personnalité propre.

Quelles avaient été les dernières pensées de Mary ? À quel autre éléphant les avait-elle vouées ?

Ouvrir un enclos ne suffit pas, le trio l'a bien vu à Issy. Il faut convaincre l'animal d'en sortir, disposer d'un véhicule assez puissant pour supporter son poids, trouver un endroit où le cacher en attendant de décider de la suite des opérations. Impossible de laisser un éléphant dans un bois ! Alertés par la population, les gendarmes seraient sur place dans l'heure. Et quel propriétaire terrien autour de Paris accepterait ce genre de locataire ? Pas question non plus qu'il reste trop longtemps seul en pension. L'éléphant est sociable. Isolé, il peut déprimer et se laisser mourir.

Les semaines, les mois défilent. Le trio n'a guère avancé sur une évasion possible. Jeremy essaie d'écrire un roman. Kid a rencontré une autre danseuse, récemment arrivée en France après avoir tenté sa chance à Broadway. Née dans le Missouri, elle a des origines noires et amérindiennes et s'appelle Joséphine, Joséphine Baker. Kid est tombé amoureux de cette métisse au sourire éclatant. Au théâtre des Champs-Élysées, vêtue d'un pagne de fausses bananes, elle danse le charleston et fait chavirer les cœurs. Kid, qui n'a rien manqué du spectacle, joue bientôt avec elle, pour elle, subjugué par l'érotisme de ses poses et ses longues jambes gainées de bas noirs. De son côté, la belle Joséphine avait vite remarqué le musicien au regard aimanté. Par manière de clin d'œil à son allure encore juvénile, elle lui avait tiré la langue en plein spectacle. Ils s'étaient retrouvés au bar, puis ailleurs, pour d'autres facéties. Ils forment désormais un couple en vue. Kid rayonne : il a trouvé la plus belle femme de Paris. Après Arabella, bien entendu.

Un matin, le facteur sonne avec un télégramme. À sa lecture, Jeremy blêmit : son père est mort, terrassé par une crise cardiaque à son bureau. Cela fait huit ans qu'il ne l'a pas vu, le chagrin le cueille comme un coup au plexus. Il avait songé parfois à rentrer au pays, mais n'avait jamais trouvé le temps ou le courage de se séparer d'Arabella pendant un long mois. Sa vie était ici, près d'elle, et entre son travail et leurs sorties, il n'avait aucun moment à lui. Des excuses bien entendu.

Son père était parti définitivement, ils ne pourraient plus discuter ni se disputer. Zachary Parkman n'avait jamais apprécié le choix de vie de son fils. Sa colère, son dépit s'étaient atténués au fil des années, mais le patriarche en gardait encore de la déception, une tristesse diffuse. Jeremy aurait-il pu seulement le convaincre à la longue ? S'étaient-ils bien expliqués tous les deux ? Les regrets déferlent. Jeremy doit prendre un billet de bateau pour Boston, retrouver au plus vite sa mère et sa sœur, mais il reste là, replié sur lui-même, brûlé de tristesse. Perdre son père, c'est perdre une partie de son enfance, changer de place dans l'échiquier des générations, se retrouver au premier rang. Jeremy n'est pas prêt à supporter cette épreuve. Kid cherche en vain les mots qui apaisent. Il a connu cette déchirure-là, mais il était plus jeune, et aucun passif n'existait entre son père et lui.

— Tu veux que je t'accompagne aux obsèques ? demande Arabella.

À ces mots, les yeux de Jeremy se noient. Il n'a pas pensé à l'enterrement, à cet arrachement définitif, à ce corps soustrait à ses regards, enfoui sous terre. Le spectre de la guerre revit en lui encore et toujours, s'invitant aux moments les plus intimes.

— Je ne sais pas, je vais y réfléchir.

Le lendemain, les traits mâchés par l'insomnie, Jeremy a pris sa décision : il partira seul, restera une semaine sur place, dix jours au maximum, pas davantage. Mieux vaut éviter d'imposer la peine de sa mère et de sa sœur à son aimée. Si Arabella en est triste ou froissée, elle n'en laisse rien paraître. Les adieux sont déchirants. Sept ans que ces deux-là ne se sont pas quittés. Kid doit détourner les yeux quand Arabella embrasse pour la dernière fois le visage à la pâleur marmoréenne de Jeremy.

— Prends soin d'elle, l'ami. Je ne veux pas qu'elle soit seule.

— Ne t'inquiète pas pour ça, lui répond Kid.

Comme Arabella l'avait prévu, ce dernier a rompu avec Joséphine. Elle s'est mise à la colle avec un Sicilien louche, gigolo à ses heures. Kid en a été blessé, il se serait bien vu vivre avec Joséphine, jouer, composer pour elle. Mais elle avait choisi de confier sa carrière et ses finances à ce faisan. Décidément, certaines filles ont le chic pour se jeter dans les bras des types les plus toxiques et s'y accrocher comme des moules à un rocher mazouté !

Jeremy absent, les deux complices resserrent encore leurs liens. À l'heure du déjeuner, Kid vient parfois chercher Arabella par surprise à la sortie de l'Hôpital américain, et ils vont partager sandwiches et cigarettes sur un banc du bois de Boulogne. À midi, la meilleure façon de réveiller Kid d'une courte nuit est encore de lui parler des éléphants.

— Sais-tu qu'eux aussi font le deuil de ceux qu'ils aiment ? Ils veillent le corps de l'animal mort, le caressent longuement de leur trompe, manifestent tous les signes du chagrin. Et si ses os sont éparpillés, ils les rassemblent avant de creuser une sépulture.

— Incroyable. Les hommes n'ont pas le monopole des rites funéraires.

Désormais passionné par le sujet, Kid a composé une chanson sur les animaux brisant les chaînes de leur esclavage, à la manière d'une fable de La Fontaine. Arabella regrette de ne pas avoir suivi d'études scientifiques pour s'occuper des éléphants, les soigner. Comme ils lui manquent, elle les dessine.

Certains soirs, Kid retrouve Arabella à Neuilly, comme le faisait Jeremy. Ils marchent ensemble sur les trottoirs décorés de blanc, car la neige s'est invitée dans le paysage de la ville, puis rentrent à la maison, jamais à court de projets pour pallier l'absence du chef naturel du trio, du fait de son âge et de son aura.

— Et si on réaménageait l'appartement pour Jeremy ? De quoi le surprendre à son retour.

— À ton service, princesse, répond Kid. Alors du rose, de l'orange ou du violet, le tout en grosses taches ?

— Tu es bête ! s'amuse Arabella. Partons plutôt sur du blanc, légèrement cassé avec une note de jaune. Sinon Jeremy repartira à peine rentré, et cela, je ne le supporterai pas.

Les voilà déplaçant les meubles, peignant les murs, courant aux puces de Saint-Ouen pour y trouver tableaux et bibelots.

— Tu crois que ça va lui plaire ? s'enquiert la jeune femme.

Kid la contemple un moment, sans répondre. Ses cheveux lui encadrent doucement le visage, elle porte une chemise blanche de Jeremy et un pantalon trop large pour elle. Elle le regarde d'un air mutin.

— Bien sûr, il va adorer l'espace et la lumière.

Sauf que Jeremy ne rentre pas. Les quinze jours sont devenus vingt, puis trente, pendant lesquels il n'a appelé qu'une fois, pour déclarer d'une voix blanche et sèche que ses obligations le retenaient à Boston. Dès l'annonce du décès de son père, les candidats au rachat de l'entreprise familiale s'étaient déchaînés comme des vautours, accroissant l'inquiétude des ouvriers et du personnel. Il avait fallu nommer en vitesse un administrateur général. Malgré les pleurs de sa mère, les conseils plus ou moins intéressés des uns et des autres, Jeremy avait décliné l'offre de reprendre les rênes du gigantesque chantier. Le jour, il s'immergeait dans une paperasse complexe. Le soir, il soutenait sa mère et sa sœur, totalement perdues sans celui qui avait régenté leur vie pendant toutes ces années. La lecture du testament avait été une épreuve, son père avait partagé sa fortune colossale entre lui, sa mère et sa sœur. L'étendue de ses affaires exigeait nombre de rendez-vous avec des avocats, l'administration et le fisc, sans compter les liasses de documents à signer. Arabella n'avait pas osé lui demander quand il rentrerait.

— Et s'il restait là-bas ? s'était-elle affolée.

— Mais que vas-tu chercher ? l'avait rassurée Kid. Il t'adore, tu le sais bien.

L'Amérique semble loin au jeune Noir. En quelques années d'exil, ils sont devenus presque européens malgré leur accent « amerloque », dont ricanent les Parisiens.

Tous les matins, Arabella espère un télégramme annonçant le retour de Jeremy. Et le soir, elle se précipite chez la concierge pour relever son courrier.

Un jour, une voix familière la réveille à l'aube :

— Il y a quelqu'un ici ? Un peu d'eau pour un voyageur assoiffé ?

Elle saute du lit, un sourire radieux aux lèvres. Jeremy ! L'amour devenu nom, celui par qui le bonheur arrive, est rentré.

Leurs lèvres se rapprochent, leurs corps s'épousent. Grâce de l'amour : chaque geste, comme le ressac d'un cœur libéré, est une offrande.

Jeremy profite de cette source bienfaisante après un séjour dévastateur à Boston. Sa mère et sa sœur avaient tout tenté pour le retenir, en vain. Il ne pouvait se résoudre à devenir un homme d'affaires, à bouleverser son existence et celle d'Arabella. Le journalisme lui manquait chaque jour davantage. Retrouver Arabella et la vie parisienne le soulage, le délivre. Mais il a à peine le temps d'entendre Arabella lui susurrer des mots tendres, dans une langue qui n'appartient qu'à eux, que le sommeil le surprend, l'assomme, l'expédie dans un éther blanc, sans rêves, vierge pour une fois de visions de son père agonisant et de soldats ouverts en deux.

Il n'avait pas dormi une nuit entière depuis son départ en Amérique. Dévasté par le deuil, incapable de reprendre pied dans la vie quotidienne, Jeremy reste désormais de longues heures à sa table sans écrire, ne trouve plus l'inspiration, oscille entre silence et agressivité. Arabella ne sait plus comment le sortir du nuage noir qui semble l'engloutir. Kid multiplie les petites attentions, veille discrètement sur son copain, l'emmenant boire un verre « entre hommes », dans l'espoir qu'il quitte sa camisole de torpeur. Mais Jeremy préfère lever le coude en solitaire chez lui. Bière, champagne, whisky, tout est bon pour converser avec ses démons. Le matin, le teint gris, brouillé, il est pris de nausée devant la page blanche. Le projet de roman est abandonné, toute envie semble l'avoir déserté. Arabella et Kid se demandent comment endiguer cette course vers l'abîme.

— Il lui faudrait un projet, des vacances, du changement.

— Je m'en occupe, tu as raison.

Comme d'habitude, Arabella ne perd pas de temps. Elle accepte la proposition d'une collègue de l'hôpital de lui prêter sa maison familiale dans le Sud, à Cogolin, au pied du massif des Maures, au-dessus du golfe de Saint-Tropez. L'habitation est vide la plupart du temps, ses parents qui l'habitaient ont rejoint une maison de retraite près de Nice.

Les trois amis prennent la route. Au village, tout les comble : les rues écrasées de chaleur, les bougainvilliers qui éclatent en masses blanches et violettes, les cafés ombragés de palmiers, les vieilles rues encaissées. Située sur une placette étroite, la maison dispose de deux étages et baigne dans une fraîcheur bienfaisante. Le matin, on est réveillé par l'accent chantant des commerçants qui s'apostrophent d'une boutique à l'autre. Le soir, dans la lumière dansante, on va admirer l'antique tour du beffroi de l'Horloge. Les journées se passent en baignades dans des criques désertes, en randonnées dans les Maures et les villages aux alentours. À ce régime, Jeremy retrouve vite des forces. Il nage, marche, bronze, sourit à nouveau. Un matin, tout le village est en émoi, on annonce la venue du cirque des frères Courtis.

Malgré leur regard critique sur ce genre de spectacles, tous les soirs, le trio s'y rend, fasciné. Quelque chose les y contraint, qu'ils n'osent pas s'avouer. Le spectacle des petits chevaux aux robes brillantes à l'aspect de marrons glacés les divertit, comme l'écuyère moulée dans son habit de strass. Mais les voilà fidèles au rendez-vous essentiellement pour Tatcha, l'éléphante d'Afrique. L'animal fait mine de se laver les dents avec un balai, trotte, galope, salue le public, cabotine à tout-va. Pour la première fois, Jeremy semble captivé, ému par le ballet éléphantesque. Arabella en profite pour revenir à la charge.

— Alors, qu'en pensez-vous ? Nous avons enfin une opportunité. Un petit cirque, peu de surveillance, un animal docile et doux, qui vient d'Afrique.

— Oui, mais on ne sait toujours pas comment l'emmener, rappelle Kid.

— Moi, je sais, intervient Jeremy, énigmatique. Et tout est prévu, ou presque.

Arabella et Kid le regardent, interloqués.

— Comment ça ?

— Je m'en suis occupé, continue Jeremy, ravi de son effet. J'ai loué un camion qui transporte généralement des bœufs. Le véhicule est équipé d'une rampe assez résistante pour faire entrer l'animal…

Les éléphants sont les seuls mammifères incapables de sauter, à cause de leur poids.

Arabella roule des yeux étonnés devant une telle science.

— Ensuite, direction Marseille, continue Jeremy. De là, un petit cargo nous emmènera en Afrique. Au Kenya, pour être précis. J'y connais des gens, ils m'ont promis de nous aider.

— Et tout l'argent que cela coûtera ? demande Kid.

— Pourquoi as-tu changé d'avis sur le sujet ?

— Enfin, que fera-t-on arrivés au Kenya ?

— Une question à la fois, s'amuse Jeremy, dont les yeux scintillent de fierté. Un tel plan coûte cher, mais je peux désormais me le permettre avec l'héritage de mon père. Et puis, j'ai changé d'avis en regardant cette pauvre bête au cirque et en vous écoutant parler tous les deux. C'est un projet fou, certes, mais il me plaît, il a du panache, du feu, de la vie. Il vous ressemble à tous les deux.

Ce que tait Jeremy, car il n'arrive pas à l'admettre consciemment, c'est que cette opération lui paraît le meilleur moyen de lutter contre la mélancolie tenace qui le tient depuis la mort de son père. Il compte se divertir, s'étourdir d'aventures, de frissons. Le risque est le plus fort des alcools. Et puis il pourra écrire là-bas, il le sent. Cette histoire un peu folle lui inspirera des pages romanesques.

— Rien ne nous retient vraiment à Paris, reprend-il. Nous pouvons partir quelques mois. À son retour, Arabella retrouvera son poste à l'hôpital. Et toi, Kid, tu pourras sans doute jouer à Nairobi ou ailleurs. C'est ce dont vous rêviez, non ?

Arabella traverse la pièce et se jette à son cou.

— Je n'arrive pas à le croire ! Tu as fait tout cela pour moi ?

Elle a retrouvé le Jeremy qui l'avait protégée de la foule à Kingsport, celui qui s'était rangé à ses côtés pour tenter de sauver Mary, et toutes les autres facettes du personnage, le journaliste curieux, le chef de bande enthousiaste, l'homme irrésistible.

Kid tape son ami sur l'épaule.

— Bien joué, l'artiste ! On part en Afrique, c'est incroyable !

— Une sorte de retour aux sources pour toi ! répond Jeremy.

— Oui, exulte Kid. Nous resterons dans l'histoire comme ceux qui libèrent les éléphants.

— Ne t'enflamme pas trop. Tu n'intègres pas une brigade antibraconniers. On ne va pas délivrer tous les éléphants d'Afrique.

Ils éclatent de rire. Rien ne semble pouvoir les arrêter.

— Ce sera pour après-demain sans doute, conclut Jeremy.

Jusqu'à l'aube, ils peaufinent les détails du plan, se répètent à l'envi les noms de Port-Saïd, de Djibouti, de l'Érythrée, de la Somalie, de Nairobi, la capitale de l'Afrique de l'Est britannique. Des lieux qui les font rêver mais dont ils ne connaissent rien, à part ce qu'en racontent leurs lectures. Comment libéreront-ils l'animal une fois sur place ? Qu'en diront les indigènes ? Quels dangers les attendent ?

Le lendemain, ils courent acheter un atlas en ville et tracent leur itinéraire. Jeremy en profite pour passer quelques coups de téléphone mystérieux. Et ce soir-là au cirque, Arabella note les horaires, surveille les trois hommes, le père et les deux fils Courtis, qui assurent les numéros et approvisionnent en foin les éléphants et les chevaux. Les dernières heures s'écoulent à la fois vite et trop lentement pour Arabella, tremblante d'excitation et de bonheur.

Comme tous les matins, le roulis du cargo et la chaleur réveillent Arabella. Le soleil tape fort et le petit hublot de la cabine fait loupe. Elle dort nue, à côté de Jeremy, déshabillé lui aussi, dont le corps humide luit dans la lumière. Le spectacle de la mer, son râle obsédant sont un enchantement. Le bleu à l'infini, le moutonnement des vagues tour à tour calmes ou hargneuses. La mer monte en elle comme un désir, « cette plainte indomptable et sauvage » dont parle Baudelaire, que Jeremy aime à citer.

Elle continue son chemin dans les coursives, descend un escalier étroit, apprivoise la pénombre de la cale. L'éléphante, qui l'a sentie venir, laisse échapper un soupir flûté, dresse les oreilles et tend sa trompe en signe d'affection. Tatcha… La jeune femme inhale son odeur de foin et d'urine, de peau musquée, de poils imprégnés de sueur. En quête d'une pomme ou d'une carotte, l'animal fouille gracieusement de sa trompe les poches de sa nouvelle maîtresse.

— Tout doux, ma belle. Je te donne ce que j'ai.

Joueuse, la bête tente ensuite d'enfourner sa trompe dans la bouche d'Arabella, qui éclate de rire, se détourne et la nourrit. L'évasion lui revient en mémoire : la nuit noire et leur marche silencieuse dans la ménagerie, la porte qui s'ouvre et, miracle, l'animal qui suit Arabella sans protester, se déplaçant sans un bruit malgré son poids. À un moment, l'éléphante s'était arrêtée, humant l'air, et le trio s'était regardé, inquiet, avant que l'animal ne reprenne sa marche lourde et princière vers le camion qui les attendait au bout du chemin. Encouragée par la voix de la jeune femme, Tatcha avait de bonne grâce accepté de monter sur la passerelle. Assise dans un coin du camion, Arabella lui avait parlé pendant tout le trajet, avant de la veiller comme un bébé. La bête, qui avait l'habitude d'être transportée, avait fini par s'endormir ! Plus tard, elle avait à peine bronché quand elle avait dû patienter vingt-quatre heures de plus à l'arrière du véhicule, à cause d'un pneu crevé. Il avait fallu trouver une chambre à air dans un garage spécialisé, puis la remplacer sans l'aide d'un mécanicien qui aurait pu s'étonner des vibrations des essieux.

Mais à l'arrivée à Marseille, le surlendemain, catastrophe ! Les quais du Vieux-Port grouillaient de policiers et de journalistes. Dans les bars, à la première page des journaux, on ne parlait que de l'incroyable rapt d'un éléphant de cirque à Cogolin. Les galéjades fusaient, les piliers de comptoir et les marins balançaient entre sarcasme et incrédulité : il n'y avait qu'en France qu'on pouvait ainsi s'emparer d'une bestiole aussi encombrante. Pour qui travaillaient ces mystérieux ravisseurs ? Que cachait au juste cet éléphant ? Les rumeurs les plus fantaisistes couraient de la Canebière aux Goudes. On avait vu l'animal sur un train de marchandises en direction de la Belgique, au seuil d'une grotte en Dordogne ou dans l'élevage de porcs d'un paysan breton…

Jeremy était rentré inquiet de son repérage sur le port. Il fallait se replier, attendre que le raffut se calme. Le trio avait repris la route avec le camion, non sans faire le plein de sacs de carottes et de pommes de terre sur les marchés des environs pour assouvir l'appétit de Tatcha.

En fin de journée, ils avaient fini sur les hauteurs de Marseille chez un pêcheur recommandé par un confrère de Jeremy à Paris. L'homme avait la réputation de ne pas poser de questions et d'héberger des personnes en délicatesse avec les autorités. Évidemment, le gîte et le couvert n'étaient pas donnés, surtout avec un tel invité, mais comment faire autrement ? Ils étaient restés une semaine planqués dans le mas, Tatcha logée dans une grange.

L'embarquement en pleine nuit sur le petit cargo affrété à prix d'or s'était bien déroulé. Personne ne les attendait sur les quais. Pas plus de policiers que de douaniers ou de journalistes. Pourquoi ses confrères français n'avaient-ils pas planqué au port ? Surpris, Jeremy s'en félicitait. Ce calme plat était une bénédiction, à peine troublé par l'agitation de Tatcha. Sentant les puissants parfums de la mer, elle avait reculé en poussant un long grognement qui avait terrifié l'équipage. Arabella l'avait apaisée en lui caressant une oreille et l'avait guidée sans encombre en direction de la passerelle.

Un large enclos, une citerne d'eau claire et des bottes de paille l'attendaient dans la cale. Il lui fallait deux cent cinquante kilos de nourriture par jour – en trois repas s'il vous plaît –, répartis entre pain moisi, seaux de mash, fourrage et comme dessert cinq kilos de pommes –, arrosés de cent quarante litres d'eau. Jeremy avait tout organisé, Tatcha ne manquerait de rien. Elle avait eu l'air de s'habituer à sa nouvelle vie itinérante, au tangage, aux mille bruits du bateau, à la cavalcade des rats entre ses pattes dont elle avait une peur comique. Sa tête sortait de temps en temps de l'écoutille et elle barrissait longuement. Elle appréciait Jeremy et Kid, qui lui rendaient visite tous les jours, et s'était liée d'une véritable amitié avec Arabella, la dévisageant de ses yeux intelligents, explorant ses cheveux, ses oreilles avec sa trompe dont elle se servait comme un sourcier d'une baguette. Chaque jour, la jeune femme badigeonnait de vaseline ses coussinets abîmés par le gravier des places de village où elle s'était produite.

Aux heures les plus torrides, Arabella et Jeremy se retirent dans leur cabine. Elle sort ses feuilles, ses fusains et dessine le soleil comme un scalpel, les poissons devenus fous, lames d'argent à travers les flots, la face burinée et la lourde silhouette du capitaine. Jeremy la contemple, bronzée, cheveux de nouveau longs, dans un bermuda qu'elle lui a volé. Affolante de liberté et de sensualité, à l'aise sur le cargo comme si elle avait navigué toute sa vie, elle ne semble pas s'apercevoir de ses charmes, au contraire des marins, venus d'Europe centrale, qui trouvent toujours mille prétextes pour l'assister dans ses tâches. Ils se disputeraient presque pour apporter du fourrage à Tatcha et nettoient en plaisantant son enclos souillé par d'épaisses déjections.

— Cent kilos de crottin par jour.

— Du bon engrais !

Bientôt le canal de Suez est en vue. À Port-Saïd, escale obligatoire, les passagers peuvent monter et descendre du bateau, faire un tour au marché et visiter la mosquée à leur guise, sans avoir à montrer leurs papiers. Mais à Djibouti, sous contrôle français, l'inquiétude monte. L'escale doit durer deux jours et la police des douanes locales a la réputation de se montrer zélée. Comment expliquer la présence de l'animal à bord ?

— Il faut cacher Tatcha, s'agite Arabella. Quand ils monteront, ils ne doivent pas la trouver !

— Et tu vas la mettre où ? Dans ma cabine ? s'amuse Kid. Un vrai cadeau, avec ce qu'elle laisse par terre.

— Non, elle doit rester où elle est, mais planquée.

Kid et Jeremy se regardent, sans bien comprendre.

— J'ai apporté de quoi l'endormir en lui injectant un puissant soporifique, précise Arabella. On la camouflera sous de la paille, le temps que les douaniers effectuent leur inspection.

— Et si tu l'étouffes ? demande Jeremy.

— Aucun danger. Le seul risque, c'est qu'elle se réveille trop tôt.

Après s'être renseignée auprès du spécialiste du Jardin des Plantes, Arabella s'était en effet munie de seringues au diamètre impressionnant et d'ampoules d'un tranquillisant assez puissant pour endormir des bêtes sauvages.

Elle pique une grosse veine située près de l'oreille, là où la peau est tendre et d'une fraîcheur surprenante. L'éléphante barrit, s'affaisse sur ses pattes antérieures, ronfle bientôt, et les garçons la couvrent d'un épais manteau de paille.

— Vos papiers, s'il vous plaît.

Sur le pont, en grande tenue, le commissaire des douanes n'est pas d'humeur badine. Les trois complices obtempèrent, le cœur battant. Arriver en Afrique pour se faire pincer ! L'homme examine les documents et laisse son regard planer sur Arabella. Celle-ci sourit hardiment. Elle défait même un bouton de son corsage, découvrant une épaule dorée, sous l'œil perplexe de Jeremy et de Kid. Le douanier prend son temps, inspecte chaque endroit du cargo, semble admirer la machinerie.

— Descendons à la cale, décide-t-il.

— Commissaire, intervient Arabella, est-ce bien nécessaire ? Il y règne une chaleur infernale. Je vous ai préparé une citronnade sur le pont, à l'ombre.

— Allons-y, insiste l'officiel. Mais après, je ne dis pas non, il fait soif.

Flanquée de Jeremy et de Kid silencieux, Arabella montre la voie. Le douanier fronce les sourcils.

— Qu'est-ce que c'est que cette odeur épouvantable ? Vous transportez des vaches ou quoi ?

Après avoir ouvert l'enclos, l'homme s'arrête devant le monticule de foin. Arabella tente de le divertir une fois de plus en se grattant la peau bien au-dessus du genou. Peine perdue. Le fonctionnaire a découvert un bout de l'énorme patte de Tatcha.

— Mais c'est un animal ! Un éléphant ! Mon Dieu ! Vous voyagez avec un éléphant !

— Je peux tout vous expliquer, commence Arabella.

— Je vous écoute !

— Il s'agit d'une bête en danger… Nous l'avons sauvée d'un cirque français qui la maltraitait… Elle est très douce.

Médusé, le commissaire s'évente avec son képi. En trente ans de métier, c'est la première fois qu'il est confronté à une situation aussi incongrue.

Arabella se rapproche jusqu'à le frôler.

— Pouvez-vous nous aider, commissaire ? Cet animal a besoin de vous. Et moi aussi !

Elle agite ses bras potelés devant lui.

— Mais vous ne comprenez pas, mademoiselle Cox, c'est un transport illégal et sévèrement puni.

— Si, nous comprenons fort bien, monsieur le commissaire, intervient Jeremy en tirant une épaisse enveloppe de sa poche. Si vous pouviez trouver dans votre cœur une raison de nous oublier, nous vous en serions très reconnaissants…

Et le jeune homme glisse d'autorité l'argent dans la poche du fonctionnaire immobile. Sans doute habitué aux pots-de-vin, ce dernier ne décolle pas son regard d'Arabella.

— Pour vous, mademoiselle Cox, et en hommage à votre défense de la cause animale, je pourrai prétendre n'avoir rien vu…

— Ce serait merveilleux, minaude Arabella, qui l'oriente vers les rafraîchissements dans la cabine du capitaine.

Sitôt le fonctionnaire parti, tous trois s'écroulent, fous de soulagement.

— Tu l'as vampé, ce type ! s'esclaffe Jeremy. On aurait pu lui vendre un troupeau entier d'éléphants !

— C'est surtout grâce à ton argent !

— Et à ton charme !

Euphoriques, ils trinquent à Tatcha, toujours endormie mais débarrassée de son édredon de foin, qui émet des bruits fort inconvenants à intervalles réguliers. Ils boivent aussi aux joies de Djibouti et au reste de leur équipée. Au bout d'un moment, Jeremy gagne la proue du cargo, puis appelle Arabella, qui suspend sa conversation avec Kid pour le rejoindre. Là, à sa grande surprise, le jeune homme s'agenouille. Elle n'ose pas comprendre.

— Arabella, veux-tu me faire l'honneur de devenir ma femme ?

Dans sa main, Jeremy tient deux modestes anneaux en laiton tirés de la boîte à outils du cargo.

— Mais c'est impossible sur le bateau, dit Arabella.

— Erreur, ma chérie ! Le capitaine ici présent est officier de l'état civil sur son cargo. Après Djibouti, nous ne risquons plus rien car il s'agit de la dernière enclave française et nous sommes donc libres de nous marier. Si cette proposition t'intéresse, cela va sans dire…

Pour toute réponse, Arabella lui adresse un sourire éclatant.

— Enfin ! J'ai bien cru qu'elle allait te refuser, bonhomme, et choisir le commissaire à la place, s'amuse Kid, mis dans la confidence.

— Elle n'aurait pas osé, plaisante Jeremy en glissant le bijou de fortune au doigt de la jeune femme. Quand nous aurons régularisé, à l'ambassade américaine de Nairobi, je t'offrirai une vraie bague.

— Je n'ai besoin de rien, à part de toi. Et de toi aussi, Kid.

Devant le commandant, qui a revêtu pour l'occasion une chemise propre, elle réitère son consentement, écoute distraitement les textes de loi, embrasse avec fougue son mari tout neuf, sous le regard bienveillant de Kid, leur témoin. Elle est désormais Arabella Parkman et n'arrive pas à croire à sa chance. Face aux vagues, elle a envie de hurler son bonheur. Et le soir, alors que Tatcha, entièrement requinquée, réclame sa ration de légumes, elle lui murmure à l'oreille la nouvelle du jour : elle vient d'épouser l'homme qui depuis leur rencontre à Kingsport la bouleverse. Un ami des éléphants, lui aussi. Si le paradis existe, il doit ressembler à un cargo empestant les bouses et le kérosène.

— Tu connais beaucoup de jeunes couples qui se sont mariés à quelques mètres d'un éléphant péteur ? plaisante-t-elle le soir dans leur cabine, les yeux telles de petites vagues brillantes.

— Entre un commandant, des marins et des pirates en embuscade !

— Arrête, tu vas nous porter malheur. Embrasse-moi plutôt.

Jeremy craignait les pirates qui pullulaient dans la région, des voyous des mers qui montaient à l'abordage, sabre au clair, pour piller et tuer, comme dans les romans d'aventures de son enfance.

Les trois amis ont hâte d'arriver sur les rivages du Kenya et de débarquer l'animal à Mombasa. Kid tue le temps en jouant de la clarinette et régale les autres d'un récital tous les soirs sous les étoiles. Sans l'avouer, il meurt d'envie de découvrir l'Afrique, ce continent inconnu et pourtant si présent dans son histoire et dans son imagination. Lors des offices à la petite église de la communauté noire d'Erwin, le pasteur en parlait comme d'un Éden perdu, dont les enfants avaient été arrachés. Sa grand-mère lui racontait des histoires transmises de génération en génération, des drames la plupart du temps : des familles dépouillées de leurs biens, des femmes vendues et abusées, des gamins séparés de leurs parents. Et cette terre rouge, ce berceau de l'humanité qu'il avait fallu quitter pour un voyage éprouvant dont la fin signifiait la mort ou l'esclavage. Il ne sait comment il réagira une fois sur place et il chante des *negro spirituals* pour s'inspirer de leur foi.

Au seizième jour, alertés par des escadrons d'oiseaux piquant dans le ciel, les marins s'agitent devant la terre à l'horizon, humant à pleins poumons l'air gonflé d'odeurs de plantes et de fruits.

— Tu es sûr que ton ami sera là ? s'inquiète encore Arabella. Je nous vois mal débarquer avec Tatcha en pleine ville.

— Il viendra, je te le promets.

David Fenwick était un copain de Harvard qui s'était empressé de quitter les États-Unis une fois son diplôme en poche. En Afrique orientale britannique, il avait tenté sa chance, effectué une kyrielle de métiers, créé une compagnie florissante d'épices avant de prendre la nationalité anglaise et d'acquérir une immense propriété près de Nairobi. Son domaine comptait plus de quatre cents salariés agricoles et un troupeau impressionnant de vaches. Le bruit courait dans le pays que « l'Américain » connaissait l'histoire de chaque bête. Il cultivait le café, le thé noir, un peu de coton, en menant la grande vie avec des aristocrates installés dans ces contrées. Trouvant l'idée de l'évasion « épatante », il avait promis à Jeremy de l'aider à leur arrivée à Mombasa, en lui fournissant les hommes et le matériel nécessaires pour évacuer le mastodonte le soir même.

Au premier contact, l'individu inspire à Arabella des sentiments mitigés. Cheveux en brosse, nez rougi par le soleil, pantalon de golf, revolver à la ceinture, il parle fort et rit plus que de raison. Cependant ses manières débonnaires et son sourire engageant plaident pour lui. Et il a l'air de connaître son affaire, alors qu'il leur montre le camion qui emportera Tatcha la nuit venue. Reste à patienter jusqu'au coucher du soleil. Heureux de retrouver la terre ferme, Arabella et Kid s'offrent une petite promenade pour se dégourdir les jambes, abandonnant l'animal à la garde de deux hommes de Fenwick sur le bateau.

— J'ai hâte d'être demain et de la voir recouvrer la liberté, confie-t-elle à son ami.

— Elle ne va pas se perdre dans la savane ?

— Non. Elle retrouvera vite les siens et intégrera un troupeau sous la protection d'une matriarche.

— Elle me manquera.

— Pas autant qu'à moi, conclut Arabella.

Le chemin de fer la reliant à Nairobi a fait de Mombasa une cité débordante de vitalité. La main-d'œuvre indienne a payé un lourd tribut à la construction de cette ligne, mais le pays a pris grâce à elle un nouvel essor. Des commerces partout, une foule dense et bariolée, des maisons sur pilotis, roses, ocre, bleu pâle, ombrées d'une poussière omniprésente. Ils s'approchent de huttes au toit de chaume bordées de mares boueuses quand des grappes d'enfants surgissent et tirent la robe d'Arabella, mendiant avec insistance, cherchant à s'emparer de son ombrelle. Des femmes crient « *Mzungu* » – « Blanc » en swahili – et tentent de toucher son visage.

— Pourquoi se comportent-elles ainsi ? demande la jeune femme en reculant.

— Tes yeux bleus les fascinent, répond Kid en écartant les malheureuses. Pour elles, c'est un porte-bonheur. J'ai l'impression qu'elles en ont besoin.

Au retour de cette singulière promenade, ils retrouvent Jeremy, qui sort du consulat des États-Unis. Tout est officialisé, M. et Mme Jeremy Parkman sont dûment enregistrés comme mari et femme sur les registres d'état civil. Fidèle à sa promesse nuptiale, le nouvel époux a acheté une bague en ville, un diamant, de petite dimension, mais joliment taillé, qu'il enfile au doigt d'Arabella, rose de félicité. Elle a peu de temps pour l'admirer car le soleil rouge est près de se cacher, il faut sortir Tatcha le plus discrètement possible.

Descendue dans la cale, Arabella s'approche de l'animal. Ses veines saillent sous ses oreilles qu'elle remue sans cesse pour abaisser sa température corporelle.

— Ne t'en fais pas, ma belle. Bientôt tu pourras te rouler dans une mare. Tu dois en avoir besoin !

Tatcha l'écoute, le regard doux, amical. Mais Arabella, qui la détache avec des gestes lents, connaît aussi sa force brute : un coup de trompe suffirait à lui briser les os. L'éléphante peut également s'agenouiller, écraser sa victime ou la piétiner, comme Mary avec son guide dans le Tennessee.

Sous un ciel baigné de mauve, la route les menant à Nairobi leur permet pour la première fois de découvrir le continent. Dans la lumière cuivrée surgissent des fougères géantes, des arbres exubérants. Au premier zèbre, Arabella pousse un cri ; au centième, elle sourit toujours. Qu'il est fantastique de rencontrer en vrai des bêtes observées uniquement dans les livres ! Surpris par la lumière des phares, gazelles et impalas bondissent en tous sens en agitant leurs petites queues blanches. Ici, la nuit prend consistance, elle a une épaisseur, un corps. Les silhouettes noires des arbres se détachent sur le bush désertique. Il fait presque froid.

— Vous n'avez encore rien vu ! les prévient Fenwick. Demain, dès l'aube, les animaux seront tous de sortie.

Jeremy serre la main d'Arabella. Lui aussi s'émerveille des bruits de galop, des cris d'animaux, du paysage entrevu. De drôles d'insectes s'écrasent en taches sanglantes sur le pare-brise du camion.

— Des sauterelles géantes, explique Fenwick. La plaie des récoltes !

À l'arrivée, un garçon noir les attend avec des serviettes fraîches et parfumées.

— C'est mon boy, Ashusa. Il veillera sur vous.

Pieds nus, mais portant une veste rouge et un pantalon blanc, le boy a fière allure.

— *Jambo bwana*[1] ! s'exclame-t-il avec gaieté.

La ferme tout en bois est incroyablement spacieuse et confortable. Dès l'entrée, les meubles en acajou, les fauteuils en cuir impressionnent les voyageurs fourbus. C'est le type de maison où les journaux sont apportés le matin avec le petit déjeuner

---

1. « *Jambo bwana* » : « Bonjour, monsieur » en swahili.

et où l'on sert le thé à dix-sept heures précises. Arabella est impatiente d'installer l'éléphante dans son pré clôturé en attendant sa libération. Elle vérifie le fourrage, l'eau, ajoute carottes et pommes de terre cuites et quelques seaux d'orge, puis passe un long moment près d'elle. Tatcha manifeste son agitation : sa peau ondule au-dessus de ses pattes antérieures, elle en lève une puis l'autre, on dirait une courtepointe qui bouge. Soudain le grognement affectueux se mue en un barrissement sonore. Est-ce de la joie ou de la colère ? Le voyage a été si long pour elle, enfermée dans le noir. Elle doit avoir besoin de se défouler. Plus tard, sous la moustiquaire, enfoncée dans un lit moelleux, Arabella perçoit des bruits sourds.

— Des lions, confirme Jeremy, allongé à ses côtés.

Fenwick leur a raconté qu'ils s'approchaient tout près de la ferme, qu'on pouvait apercevoir leurs crinières sombres et leurs corps en tonneaux s'enfuir vers les hautes herbes. Il faut fermer toutes les fenêtres, et il est interdit de sortir dès la nuit tombée.

Le lendemain, quand ils montent dans le camion, avec Fenwick comme chauffeur, l'air a la pureté de l'eau. Ici, la chaleur ne ressemble à rien de connu, elle mord la nuque, se repaît de votre chair, on sent son souffle chaud sur soi sans répit. Les trois amis ont renoncé à compter les bandes d'impalas aux bonds démesurés qui se déploient dans la plaine à perte de vue. Dans le cristal de l'aube, les oiseaux, engoulevents, étourneaux, sansonnets, composent le plus beau des ballets au-dessus de la terre rouge brique. La course des phacochères a creusé des ornières dans la piste du bush. Il faut parfois traverser des cours d'eau à un gué caillouteux avant de gagner des clairières d'herbe grasse où les dik-diks, des antilopes naines, broutent les hibiscus mauves. Toute la joie du monde semble s'être donné rendez-vous ici, dans le matin qui exulte et la lumière liquide. Le tableau provoque une sorte de transe chez Arabella et Kid. Ce dernier s'arrêterait bien dans ces cases de boue séchée construites par les Kikuyus, la tribu la plus répandue au Kenya, pour se présenter et leur dire qu'il est l'un des leurs, le lointain cousin de ces femmes aux oreilles percées de grosses boucles d'oreilles qui portent de si lourdes charges sur leurs épaules.

— Alors, mes amis, dit Jeremy en les serrant dans ses bras, ça valait le coup, n'est-ce pas ?

Arabella et Kid opinent en silence pendant que Fenwick quitte la piste. On entre dans le domaine des oiseaux, un tapis vivant de pélicans et de marabouts qui forment un ciel changeant sous le soleil. L'Américain pointe un doigt à l'horizon. Au loin se dessinent des silhouettes massives d'éléphants, idoles de granit immobiles.

— Regarde, Jeremy, il y en a bien une vingtaine !

Jamais Arabella n'aurait imaginé un tel spectacle. Des mâles aux défenses nacrées agitant leurs trompes, des femelles abritant des petits aux poils roux entre leurs pattes massives comme les colonnes d'un temple, des jeunes s'amusant à s'arroser.

— C'est prodigieux !

— Votre protégée sera bien, ici, assure Fenwick en sautant du camion.

Arabella voudrait s'approcher mais se rappelle qu'une mère peut facilement charger si elle sent son petit menacé. Les mâles sont aussi à surveiller, surtout s'ils sont en rut et bien excités. On fait descendre Tatcha, qui demeure immobile, comme pensive, la trompe en forme de virgule. Arabella voudrait encore sentir le picotement de sa trompe hérissée de poils entourer son cou mais elle doit s'effacer devant ce troupeau sauvage. Tatcha sera-t-elle adoptée par ses congénères ? Chacun retient son souffle tandis que l'éléphante s'avance timidement. Les mastodontes qui l'ont sentie arrêtent leurs jeux et la fixent. Sans se concerter, le petit groupe humain recule et se cache derrière le camion. L'air est chargé de bourdonnements et le sang frappe aux tempes d'Arabella. En quelques semaines, elle s'est attachée à l'animal, a appris à décrypter ses habitudes, ses goûts, les mouvements de sa trompe, ce périscope qui lui sert à tout. Les éléphants et elle se ressemblent. Ils sont faits pour la liberté, et ce siècle si cruel par ailleurs doit les respecter, cesser de les parquer dans des zoos, des cirques, les tuer pour quelques colifichets d'ivoire. Il lui faut laisser Tatcha, un éléphant vivant qui vengera Mary l'éléphante suppliciée des États-Unis, mais elle redoute pour elle l'acclimatation à la vie sauvage, l'ostracisme du troupeau, l'avidité des hommes et leur bêtise.

Jeremy pose une main sur son épaule. Comme toujours, il a senti son trouble et son seul contact l'apaise.

— Regardez ! souffle Fenwick.

Un éléphant géant au garrot saillant se détache du troupeau et dresse ses longues défenses vers le ciel. Son barrissement guttural semble tétaniser Tatcha.

— Reculez-vous ! ordonne le guide. Ça y est, il nous a repérés.

Le sol tremble sous les pas de la bête qui s'avance, telle une montagne. Kid et Jeremy se blottissent derrière le camion. Seule Arabella reste debout, ignorant la peur. À l'approche du pachyderme, tous ses sens sont galvanisés. Elle capte une odeur de terre et de fougères écrasées, entend le grondement vibrant de la harde. Les deux animaux ne sont plus qu'à une dizaine de mètres l'un de l'autre. Tatcha avance la première, l'air furtif. L'éléphante, puisqu'il s'agit d'une femelle selon le guide, la laisse venir et lorsque les deux pachydermes ne sont plus qu'à un mètre l'un de l'autre, elle semble l'accueillir. Leurs trompes s'entrelacent et la cheffe de troupeau, dont la peau ondule tout entière, se frotte bientôt à Tatcha. Les sécrétions des glandes temporales zèbrent ses joues de traînées grisâtres, on dirait qu'elle pleure. Les bêtes sont si proches désormais qu'on distingue les poils de leur queue, les veines saillant des oreilles. Peu après Tatcha s'éloigne, suivant docilement sa nouvelle amie. En quelques minutes, le troupeau se rassemble et disparaît dans un dernier barrissement. C'est fini, ils sont partis, et les trois Américains ne peuvent s'arrêter de sourire.

— Mary est vengée ! lance Kid.

— Fantastique, bredouille Jeremy.

— On a eu de la chance, tempère Fenwick. Ça aurait pu mal se passer. Il y a un mois, un type qui voulait s'approcher trop près d'une femelle a eu le cou brisé.

Le soir, de retour dans la grande maison, Fenwick leur dresse un tableau d'ensemble du pays. Les

Blancs possèdent la totalité des terres fertiles et imposent leur mode de vie, celui de l'aristocratie anglaise.

— Évidemment, lâche-t-il en se resservant un énième verre de whisky, il y a trop d'éléphants. Quand ils s'approchent des récoltes, il faut bien les abattre. Et je dois dire qu'ils forment une belle cible. Un gibier extra !

Arabella sursaute comme si on l'avait frappée.

— Il existe d'autres moyens de régler le problème, non ? Leur faire peur, se barricader, clôturer, je ne sais pas, moi !

— Ma petite dame, ici, c'est l'Afrique, répond le gentleman-farmer, l'œil allumé par l'alcool. Ces bestioles ne se laissent pas impressionner par des haches ou des barbelés, croyez-moi. Et demandez aux indigènes, pour eux, les éléphants, c'est surtout de la viande sur pied.

— Atroce, ce que vous dites là, le coupe Kid en grimaçant.

— Les villageois fabriquent des vases ou des porte-parapluies avec leurs pattes, poursuit l'hôte. Sans parler des Anglais qui se livrent à la chasse sportive et au commerce de l'ivoire.

Sidérée, Arabella regarde Jeremy, qui remplit son verre, indifférent.

Fenwick éclate d'un rire gras.

— C'est chouette, ce que vous avez réussi. Mais entre nous, un éléphant de plus ou de moins… Les paysans respecteront les bêtes quand ils auront le ventre plein.

Arabella quitte la pièce.

— Pas question de rester chez ce sale type, déclare-t-elle plus tard à Jeremy dans leur chambre. J'aimerais partir, et dès demain matin.

— Mais nous venons juste d'arriver. Et puis, Fenwick n'a pas tout à fait tort. Abattre les animaux pour se nourrir, c'est logique sur une terre où on crève de faim. Ici les éléphants ne sont pas sacrés, tu sais.

— Et leur tirer dessus, soi-disant pour la beauté du geste, tu trouves ça normal aussi ? s'emporte Arabella. Enlever les petits pour les envoyer en captivité, arracher les défenses de leurs parents, aussi ? D'où vient cette prétendue supériorité humaine ?

— Tu es excessive. Grâce à toi, j'ai appris à connaître et à aimer ces bêtes. Mais il faut également comprendre les Africains.

— Chasseur blanc ou chasseur noir, riposte Arabella, c'est la même aberration.

Pour la première fois, ils s'endorment fâchés. Jeremy trouve Arabella d'une mauvaise foi confondante. Le voyage lui a coûté les yeux de la tête, elle pourrait en être reconnaissante.

Après un petit déjeuner glacial, Arabella sort se promener avec Kid, tandis que Jeremy s'entretient avec l'ami Fenwick dans son bureau.

— Dis donc, tu dois t'amuser ! glousse ce dernier. Cette fille, c'est du vif-argent !

— Si tu savais… Que me conseilles-tu ? On aimerait découvrir le pays avant de rentrer.

— Je connais l'endroit qu'il te faut. La Happy Valley, ça te dit quelque chose ?

— Non. Ça devrait ?

Toute une communauté amusante d'Anglais s'est installée près des montagnes Aberdare, à côté de la petite ville de Nyeri. Des propriétaires terriens dont les fermes atteignent des dimensions extraordinaires, où l'on élève des milliers de vaches et cultive du café, du maïs, des patates douces…

— Venant de Paris, vous ne serez pas trop dépaysés, ajoute Fenwick, avec un sourire en coin. C'est un groupe de gens très « vivants », disons-le comme ça.

— Mais je ne les connais pas.

— Moi, si. Laisse-moi parler à un copain qui doit rentrer en Angleterre s'occuper de sa mère malade. Il joue au polo, c'est un type extra. Il saura t'aider.

La semaine suivante, la réponse tombe. Un bungalow les attend dans cette Happy Valley, située au centre-ouest du Kenya, où paraît-il l'air est plus frais grâce à l'altitude et les matins parfois brumeux, ce qui convient parfaitement aux expatriés britanniques.

Arabella n'a plus qu'à compter les jours, impatiente d'occuper une maison qu'elle pourra organiser à sa guise. De son côté, Kid les a prévenus, il vient avec eux, mais pas question de vivre aux crochets de Jeremy. Il cherchera un job sur place ou à Nairobi, quitte à s'employer dans un bar, comme à Paris à ses débuts. Depuis qu'il a foulé la terre de ses ancêtres, comme mû par l'esprit des lieux et la fidélité aux morts, Kid a sensiblement gagné en indépendance.

Le voyage est jalonné de rencontres. Les troupeaux de zèbres s'écartent, les gnous, ces clowns des plaines, rivalisent de facéties avec leurs copains les koudous, les antilopes dorées, et l'on manque d'écraser des phacochères à la queue dressée et au ventre ballonné. La route se réduit souvent à une simple piste et il faut s'arrêter régulièrement dans des campements.

La voiture croise pour la première fois des Massaïs qui mènent leur bétail boire à une rivière. Visages luisants d'ocre rouge, yeux de pierre noire, pieds nus et corps ceint de rangées de perles multicolores, ils marchent à la cadence d'une musique imaginaire et se détachent dans la clarté aveuglante de la plaine. Impressionnée par leur solennité, leur spiritualité, Arabella se promet de les dessiner. Ce qu'elle perçoit de l'Afrique comble son besoin d'infini, sa soif inaltérable de beauté. Ici, davantage qu'aux États-Unis ou en France, elle se sent là où elle doit être, à sa place. À l'unisson des hommes, des animaux, de la brousse.

Bientôt le lac Naivasha (« eaux agitées » en massaï) est en vue, entouré de champs de coton et de café baignant dans une sorte de vapeur. L'air semble en effet plus frais dans la région.

— Bienvenue chez vous !

La jeune femme qui leur fait face est belle, élancée, avec de longs cheveux blonds sous un casque colonial.

— Je suis Beryl. Beryl Markham. Mon idiot de mari est parti à Nairobi faire Dieu seul sait quoi. Je suis heureuse de vous recevoir. Vous allez voir, le Kenya, c'est le paradis de l'Afrique. Venez découvrir votre humble logis.

Devant le bungalow blanc, Jeremy ceinture sa femme et la fait basculer dans ses bras.

— À quel jeu joues-tu ? demande Arabella.

— C'est notre première maison. Et il faut respecter la tradition.

— Mon Dieu, des jeunes mariés ! s'exclame Beryl. Mais ça se fête ! Du champagne, *pesi, pesi*[1] !

C'est une coupe de dom-pérignon à la main que le trio découvre l'agencement de ce bungalow : deux chambres, un salon, un joli patio et une cuisine minuscule.

— Regardez, il y a même une douche en plein air, s'enthousiasme Kid.

— Et un coin pour travailler, note Jeremy.

— Contente que ça vous plaise, dit Beryl. Si vous avez besoin de quoi que ce soit, criez. J'habite à cent cinquante mètres, la plus grosse maison du coin, je vous entendrai.

Arabella tombe sous le charme de la propriétaire, qui a à peu près son âge. Née en Angleterre, mais arrivée à quatre ans au Kenya où son père s'était lancé dans l'élevage de chevaux dans la vallée du Rift, Beryl avait passé son enfance en compagnie des indigènes, parlait le swahili, pilotait des avions. Comparées à ce fleuron de l'excentricité britannique, les anciennes amies d'Arabella, Suzan et Dorothea, qui donnaient par ailleurs peu de nouvelles, semblaient bien timorées.

Au cours de leur installation, les deux jeunes femmes font plus ample connaissance. Beryl apporte aux Américains jambons, cakes ou scones cuits par sa cuisinière, montre à Jeremy les installations de la ferme, les invite à déjeuner, à prendre

1. « *Pesi !* » : « Et que ça saute ! »

des *sundowners*[1] avec son mari dès que le soir tombe. Arabella se rend tous les jours à l'écurie, où elle la trouve, crottée et rayonnante, entourée de ses chevaux.

— Je suis la première éleveuse de chevaux en Afrique, lui lance Beryl un jour. On va t'apprendre à monter ! Ici, c'est obligatoire. Pour ma part, je me sens mieux à cheval que sur mes deux jambes.

Pour ses premiers tours de manège, Arabella finit souvent par terre, mais ravie. Jeremy l'accompagne – à Boston, il montait toutes les semaines. Quant à Kid, il s'y est mis aussi. Le soir, ils font des concours de courbatures.

— Quand nous reviendrons dans le Tennessee, nous nous achèterons un âne, lance Kid. On tombera de moins haut.

— Et on se promènera tous les deux sur lui, confirme Arabella.

— Au pays, on nous lyncherait.

Outre l'équitation, Arabella s'est découvert une passion pour le jardinage. Elle bêche, bine et sarcle un petit potager bien orienté. Les premières pousses devraient apparaître dans un mois. Si sa mère pouvait la voir, travaillant la terre, les jambes brunies par le soleil !

— Nous serons partis avant tes premières salades, très chère, la taquine Jeremy.

Lui s'installe tous les jours à sa table, écrivant pour lui ou les journaux qui l'emploient.

C'est une nouvelle existence, paisible le jour, électrique le soir. En effet, Beryl les a vite présentés

---

1. *Sundowners* : cocktails.

à sa bande d'amis de la Happy Valley, qui font la fête la nuit tombée. Les femmes s'habillent, sautoirs et robes longues, les hommes portent le smoking. Il y a là des Anglais, ducs, comtes ou marquis pour la plupart, mais aussi des Américains, des Sud-Africains, des Européens, tous habitant des demeures coloniales aux murs recouverts d'animaux empaillés et aux cheminées en pierre. Devant des tables garnies de chintz, on boit, on discute, on plaisante, on séduit.

Un homme se détache de ce petit clan hédoniste. Son nom est Hugh Cholmondeley, troisième baron Delamere. Grand chasseur, blessé une fois par un lion, il impressionne tout le monde par ses excès et sa connaissance de l'âme africaine. Comme Beryl, il n'est heureux qu'à dos de cheval et n'hésite pas à parcourir des dizaines de kilomètres en plein soleil, le visage calciné, toujours seul. On raconte qu'un jour de 1909 il est entré dans la salle à manger du Norfolk Hotel, où l'ancien président américain Roosevelt séjournait à l'occasion d'un safari, et s'est mis à sauter avec sa jument au-dessus des tables !

Alice et Frédéric de Janzé se sont entichés des nouveaux arrivants. Riche héritière née dans l'État de New York, elle vient d'arriver de Paris où elle a été modèle. Lui est un comte breton, pilote de course. Ils se sont mariés trois semaines après s'être rencontrés, au grand dam des parents d'Alice. Ayant vécu à Montparnasse, les Janzé partagent avec le trio l'amour du jazz et du Paris des Années folles. Seul Noir de cette communauté blanche, Kid suscite la curiosité. On le presse de questions, on veut l'entendre jouer, on lui propose de l'aide pour trouver un job à Nairobi. Il remercie en souriant, sans illusion sur ce traitement d'exception. Ici, tous les autres Noirs sont des boys, des serviteurs. Les Africains ne possèdent aucun droit et vivent sous la loi des Blancs qui les « protègent » en profitant de leur travail. Les Britanniques, avec leur teint rubicond, leur *God Save the King* et leurs litres d'eau de Cologne, se targuaient d'avoir apporté la civilisation au Kenya, mais celle-ci existait avant leur arrivée, avec sa musique, ses arts, ses traditions orales. En Afrique comme aux États-Unis, les Blancs sous-estimaient la culture originelle. Mais dans cette Happy Valley, ils y mettent les formes. Beryl ne joue-t-elle pas du piano avec lui après le dîner ?

Pour sortir tous les soirs, Arabella emprunte des robes à Beryl.

— Tu es plutôt bien faite, remarque celle-ci, en lorgnant vers Arabella qui essaie un fourreau en mousseline verte. Tu dois faire des ravages.

Arabella n'y pense jamais. Son corps lui sert à bouger, à monter à cheval, à onduler sous Jeremy. Elle le sait désirable, mais elle est aveugle au regard des hommes sur elle. Seul compte et la comble Jeremy.

— Si j'avais la finesse de ta taille, je me promènerais le nombril à l'air, poursuit Beryl. D'ailleurs, à propos, tu crois que j'ai une chance avec Kid ?

Un moment, Arabella pense avoir mal entendu. Remariée et mère d'un fils, Beryl ne pouvait sérieusement songer à séduire Kid !

— Je te choque ? s'amuse Beryl. Les Blackies sont de formidables amants, c'est connu. Kid est craquant, il a un vrai charisme. Ce type pourrait éclairer une salle à lui tout seul. Et ici, dans notre petit monde, on vit sous le règne des 3 A. On ne te l'a pas dit ?

— Les 3 A ?

— Altitude, alcool et adultère…

Médusée, Arabella éprouve une gêne étrange, qu'elle peine d'abord à identifier. De la jalousie ! Oui, elle est jalouse de l'attention et du désir de Beryl. Il ne s'agit pas de jalousie amoureuse, de celle qu'elle éprouverait si l'on parlait de Jeremy, mais Kid est son ami, une partie d'elle-même. Elle se fichait de ses multiples amourettes. Kid plaisait, c'était entendu, mais elle refusait de le voir devenir l'objet du caprice d'une aventurière, charmante certes, mais volage, et donc possiblement cruelle.

Elle en avait parlé à Jeremy, qui s'était moqué d'elle.

— Tu es trop naïve. Beryl collectionne les amants avec l'assentiment de son mari. Il m'a raconté qu'il plante un clou dans le linteau de la porte à chaque nouvelle liaison de sa femme. De toute façon, Kid n'a pas la tête à la bagatelle en ce moment.

Le jeune homme avait en effet décidé d'approfondir sa connaissance du Kenya et de ses deux ethnies rivales, les Massaïs et les Kikuyus. Le swahili ne s'écrivant pas, il avait commencé l'apprentissage de cette langue auprès des ouvriers agricoles. Chaque jour, il dressait un constat effarant : en matière de pauvreté, c'était pire que dans le Tennessee. Les cases en boue séchée, les familles dormant par terre, une casserole par foyer, des enfants en loques aux visages émaciés et aux ventres gonflés. L'après-midi, il se faisait un devoir d'apprendre des rudiments d'anglais à des *totos*[1] réunis sous un gros baobab. Il n'aurait jamais cru éprouver un tel plaisir à enseigner, lui qui conservait un souvenir saumâtre de ses brèves années d'école et des coups de règle distribués par l'instituteur sur les doigts des cancres. Il savourait le sourire de ses élèves, la beauté qui l'entourait et il lui semblait avoir trouvé la paix. Le soir, il jouait de sa clarinette dans le meilleur bar du coin. Là, il avait rencontré Myriem, une petite chanteuse africaine à la voix incroyable. Les notes lui montaient dans la gorge comme dans celle d'un ange. Il avait hâte de la présenter à ses amis.

— J'ai trouvé bizarre cette réflexion de Beryl, c'est tout, reprend Arabella.

— Autre pays, autres mœurs, philosophe Jeremy en l'enlaçant par-derrière. *Msabu*[2], et si on allait tester les vertus érotiques de la moustiquaire ?

Jeremy se ressert une rasade de whisky, ce qui agace Arabella. Son mari boit beaucoup et rentre souvent éméché. C'est elle désormais qui doit prendre le volant au retour de ces soirées où des quantités astronomiques de spiritueux et d'alcools forts sont avalées. À ce jeu-là, les femmes ne sont pas les dernières. Lady Idina Sackville commence à picoler dès midi. Elle reçoit ses invités déjà fort saoule et sirote son champagne à la paille en plein soleil, à peine protégée par un chapeau. Sa meilleure amie, Kiki Preston, une magnifique brune au physique hollywoodien, a été baptisée « la Fille à la seringue d'argent ». Elle s'injecte de l'héroïne au vu

1. *Totos* : « petits » en swahili.

2. *Msabu* : « madame » pour une Blanche en swahili.

et au su de tous. La drogue, notamment la cocaïne, paraît ici un accessoire du quotidien, comme un éventail que l'on propose et partage.

Les trois amis ne sont pas bégueules. À Paris, ils ont déjà croisé la « coco », mais là-bas la consommation restait clandestine, un peu coupable. Ici, personne ne se cache et n'a peur ni de la police, inexistante, ni de la justice, très complaisante avec les colons. Dans ce joyau de la Couronne impériale, chacun laisse libre cours à ses instincts, sans se soucier de la morale, des lois en vigueur ou même de la simple décence.

C'est ce qu'Arabella découvre le soir où ils sont invités chez Idina Sackville et Josslyn Hay, que l'on surnomme « le Roi et la Reine » de la vallée. Le couple a fui la rigide Albion pour convoler ici et célébrer le troisième mariage d'Idina. Josslyn Hay, vingt-deuxième comte d'Erroll, a abandonné la carrière diplomatique, et par là même toute notion de devoir et de responsabilité. Arabella porte sa robe Poiret et une étole blanche sur les épaules. Son teint bronzé la distingue des autres femmes : elle aime s'enduire d'huile lorsqu'elle s'affaire au potager ou sort avec les garçons en voiture. Avec ses yeux azuréens et ses cheveux qui l'habillent d'éclats de lumière, elle resplendit. Pour lui faire honneur, Jeremy et Kid arborent une élégante tenue sombre.

— On m'a tellement parlé de la maison d'Idina, souligne Arabella. Slains. J'ai hâte de la découvrir !

— Je suis passé hier devant cette propriété, dit Jeremy. Elle est superbe, un vrai tableau.

En effet, des centaines de lampions et de bougies éclairent des pièces grandioses. Les fauteuils sont recouverts de fourrure, les canapés de plaids en cashmere. Mais Arabella grimace devant un grand lion empaillé.

— S'il te plaît, pas d'esclandre, chuchote Jeremy. Ici, la chasse est un sport national.

Elle sait que Beryl traque le lion. Venant d'elle, connue pour son intrépidité, la chose ne la dérange pas trop. Mais imaginer des éléphants tomber sous les tirs des chasseurs, elle ne peut le supporter. Si la conversation roule sur ce sujet, elle craint de ne pas réussir à se dominer… Elle et son sacré caractère !

— Mais où se trouve donc notre hôtesse ? chuchote-t-elle à Kid.

— Va savoir ! Peut-être est-elle partie à Nairobi sur un coup de tête.

Le majordome noir au chapeau rouge les escorte dans un couloir qui sent l'encaustique et, sans un mot, ouvre une porte.

— Ah, vous voilà, mes amis ! Merci à vous d'être venus jusqu'ici.

Le trio écarquille les yeux. Lady Idina Sackville, nue dans sa baignoire d'onyx, éventée par un boy imperturbable ! Sur des chaises, deux femmes papotent comme dans un salon de thé. Jeremy retrouve le premier l'usage de la parole.

— Chère comtesse, nous sommes ravis de cette invitation.

Kid a un sourire stupéfait. Arabella affecte mal l'indifférence face à cette femme offerte ainsi aux regards. Lady Sackville paraît ravie de sa petite mise en scène et tape dans ses mains.

— Et maintenant, buvons !

Un domestique disparaît, pour revenir avec des coupes et du champagne. L'hôtesse trinque dans sa baignoire. D'autres invités arrivent, on se serre dans la salle d'eau.

— Je vous aime, mes amis ! lance Idina, triomphante. Maintenant, vous devez choisir ma tenue...

Majestueuse, couverte de mousse, lady Sackville sort nonchalamment de son bain. Sa toison noire, piquée de gouttelettes, semble illuminée. Arabella laisse échapper un rire nerveux. Chacun la regarde désormais et pourtant elle n'est pas nue, elle ! Quelqu'un se précipite pour frictionner Idina. Ensuite la diva présente des robes l'une après l'autre, puis un costume d'homme. Devant les encouragements, elle enfile finalement un débardeur masculin et un pantalon pied-de-poule qui la font ressembler à un joli garçon.

— Tu es sublime, ma chère, assurent ses amis en la voyant sourire à son reflet dans le miroir. Allons danser !

Dans le salon, on a repoussé les meubles et les ventilateurs aux larges pales de bois tournent à plein régime. Au centre trône un bar, occupé par une dizaine de bouteilles différentes. Beaucoup à boire mais rien à manger. Sous l'effet des vapeurs d'alcool et de la musique entêtante sortie d'un gramophone, Arabella se sent prise de vertige. Kid l'entraîne sur la piste improvisée.

— Il fait chaud, Idina, *darling*. Encore du champagne !

Les bouteilles passent de main en main, pas la peine de s'encombrer de verres. L'hôtesse se trémousse, ôte son débardeur. Échevelées, les joues empourprées, d'autres femmes commencent à remonter leurs jupes, à faire valser blouses et boléros en gloussant. Une comtesse se laisse embrasser par un homme sous les yeux complices de son mari. Deux femmes dansent en se pelotant outrageusement. L'air est soudain saturé d'ondes de désir, de piaffements, de gémissements. De plus en plus mal à l'aise, Arabella ne sait plus où poser son regard. Elle court vers le jardin encore allumé et cherche des yeux Jeremy. Seules les hyènes hurlent au loin. Elle se sent piégée, salie. Elle n'avait pas rêvé la scène, les baisers, les caresses, et plus si affinités. Décidément, ces Anglais expatriés n'avaient aucune limite. Beryl lui avait parlé des « splendides soirées de Slains » ! Dépravées, débauchées, oui ! Comment devait-elle réagir ? Elle avait connu le Montparnasse des filles à poil et à la cuisse légère, mais l'ambiance restait joyeuse, folklorique, gauloise, pour ainsi dire. Ici, rien de tel. Les mœurs sentaient le stupre, le vice, avaient un fumet de perversion qui la dégoûtait.

Elle frissonne d'énervement et sursaute quand elle perçoit enfin des pas.

— Eh bien, tu as pris ton temps ! lance-t-elle à Jeremy.

— C'était, disons… intéressant, non ?

— Je ne suis pas sûre de trouver ça « intéressant », comme tu dis. Ça me choque. Je dois être restée une fille du Sud.

Jeremy ricane.

— Quel mal y a-t-il à cela ? Ils s'amusent, voilà tout, entre adultes consentants.

— Ils s'amusent à se tromper les uns les autres, oui, déclare-t-elle sèchement. Rentrons maintenant, si tu le veux bien.

— Pas envie ce soir. Je te rejoindrai plus tard. Kid peut te ramener.

— Mais enfin, Jeremy, tu ne vas pas rester seul ici avec cette bande de tordus ?

— Oh, écoute, n'en fais pas une histoire, c'est une belle nuit, articule-t-il d'une voix pâteuse. Je n'ai pas besoin d'aller me coucher, pas du tout. Pour une fois qu'on s'amuse…

Il est ivre évidemment, mais ce n'est pas tout. Son ton vindicatif, son regard trahissent une volonté de la choquer, de la blesser. Ses traits paraissent désaccordés. Elle n'a pas la force de l'affronter et passe devant lui sans un mot, à la recherche de Kid. À l'intérieur de la maison, la température est encore montée d'un cran. Une femme danse nue sur une table et des couples l'encerclent en piaffant pour la palper à tour de rôle. Le cœur d'Arabella se serre. Où est Kid ? Elle le trouve à l'écart, cherchant à se donner une contenance dans l'observation songeuse de la galerie d'animaux empaillés.

— Sauvons-nous d'ici, Kid.

Sur la route du retour, elle ne peut retenir des larmes. Le jeune homme s'efforce de la consoler.

— Il fait un caprice, notre Jeremy, lui dit-il. Ce n'est pas grave. Laisse-lui un peu de lest. Il rentrera à coup sûr.

— Je déteste ces gens, hoquette-t-elle. Ils me répugnent.

— Rien ne t'oblige à fréquenter ces soirées de dégénérés à l'avenir. Chasse ces idées de ta tête.

Dans son lit, Arabella sent une odeur de bête traquée, et comprend que celle-ci provient d'elle. Enragée contre Jeremy, contre elle-même, elle est aussi, elle se l'avoue, un peu émoustillée par ce qu'elle a vu et imagine la scène à Slains : des femmes s'embrassant langoureusement, des mains d'homme baladeuses… Troublant. À l'aube, Jeremy ivre mort s'affale tout habillé sur le lit. Son souffle et ses vêtements empestent l'alcool. Elle l'écoute ronfler un moment et se promet de contenir sa colère. Il faut trouver des dérivatifs à ce besoin de découverte de Jeremy, se montrer plus attentive, l'entourer, et lui lâcher la bride, comme dit Kid. Peut-être doit-elle se montrer plus amoureuse, plus féminine, plus rassurante aussi, car elle le sait friable, finalement peu sûr de lui, malgré son physique et ses bravades.

Le lendemain, tout semble effacé d'un « N'en parlons plus ». La vie reprend avec son lot de plaisirs simples. Les dîners à trois dans la petite cuisine de leur maison commune, les promenades au coucher du soleil quand la nuit tombe, silencieuse et rapide, les improvisations de Kid à la clarinette.

Arabella visite l'hôpital de Nairobi, aussi déshérité que ses occupants. Les enfants malades manquent de tout : médicaments périmés, ni draps ni jouets. Tout est sale, d'une vétusté incroyable, une couveuse à microbes. Elle ne peut que leur donner de l'argent pour l'instant et établir une liste de produits de première nécessité en promettant de revenir.

Ce jour-là, la plaine s'est vêtue de brun pourpre, les flamants forment une nappe rose au-dessus du sol, le ciel haut et clair est rubigineux. Kid conduit en silence. Jeremy a l'air plus frais, presque reposé.

Exceptionnellement, il n'a pas fait la bringue hier soir, préférant préparer un reportage sur les touristes fortunés qui viennent au Kenya admirer ce qu'on appelle les *Big Five* : lions, éléphants, léopards, rhinocéros noirs et buffles. C'est une commande du prestigieux *New York Times*, la première depuis leur arrivée, et il espère transmettre un peu de son émotion devant l'immensité de l'Afrique. À ses côtés, Arabella a renoncé à dessiner à cause des cahots et des nids-de-poule.

— Regardez à gauche, un troupeau !

Pareils à des blocs de granit, une vingtaine d'éléphants s'ébattent paisiblement, à moitié dissimulés par un bosquet d'arbres. Les éléphants brisent des branches telles des brindilles et arrachent les feuilles qu'ils enfournent dans leurs bouches toutes ridées.

— Comme ils sont beaux ! lance Arabella. Un jour, j'aimerais me réveiller en matriarche !

— Tu es plus jolie en femme, je t'assure, ironise Jeremy.

Kid coupe le moteur et sort les jumelles.

— Les petits sont cachés sous leur mère ! s'exclame-t-il.

Et de pointer les créatures aux oreilles translucides dont on distingue l'arrière-train ou une trompe semblable à un tuyau de caoutchouc.

— Approche-toi encore, je veux les voir, demande Jeremy.

— Attention, ils n'aiment pas trop ça, avertit Arabella.

— Ils sont occupés à manger.

Fasciné, le trio contemple le spectacle. Soudain un éléphant charge, tête baissée, en barrissant, dans un tourbillon de poussière. Son allure doit bien atteindre quarante kilomètres-heure, le sol tremble. Kid démarre pleins gaz, enclenche mal une vitesse et cale. Livide, Jeremy sait que personne ne peut survivre au choc d'une telle attaque. Cet animal qui fonce sur eux réveille en lui de sales visions. On dirait un énorme obus prêt à vous réduire en bouillie. Il s'empare de son fusil posé contre son siège.

— Lâche cette arme, Jeremy ! hurle Arabella. Il veut juste nous intimider.

L'éléphant est si près que l'on aperçoit ses petits yeux enfoncés et la frange de ses cils, mais il s'arrête soudain, en dodelinant de la tête.

— Ne bougez surtout pas, reprend Arabella. C'est un mâle, pas une femelle protégeant ses petits. Il veut juste comprendre qui nous sommes.

Le souffle coupé, les amis observent l'animal les dévisager, puis baisser la tête et se mettre à brouter placidement. Bientôt le troupeau le rejoint à pas lents. Les bêtes entourent la voiture. Leurs estomacs émettent des sons qui leur permettent de communiquer entre elles.

Arabella avance les doigts en direction de l'un des éléphants.

— Non, non, que fais-tu ? chuchote Jeremy, la main sur la crosse de son fusil.

— Chut !

Comme au cirque, l'éléphant effleure de sa trompe le visage d'Arabella. La jeune femme ne cille pas. Le contact se prolonge jusqu'à ce qu'un mouvement au sein du troupeau rompe le charme. Mus par un ordre secret, les pachydermes poussent un barrissement caverneux, s'ébranlent d'un pas régulier, presque gracieux, s'éloignant dans les profondeurs du bush en soulevant un nuage de particules rougeâtres. L'animal qui les a chargés les fixe une dernière fois avant de rejoindre ses congénères. C'est fini. La savane paraît anormalement calme, plus un seul bruit, comme si chacun retenait son souffle.

— Bon sang, Arabella ! s'exclame Kid. Comment as-tu su qu'on n'allait pas être aplatis comme des crêpes ? On l'a échappé belle.

— Il battait des oreilles d'avant en arrière, mais n'avait pas enroulé sa trompe.

— Enroulé sa trompe ?

— Oui, elle lui sert d'arme. Quand il la roule, c'est qu'il va la déployer comme un poing, une masse. Et là, on n'a plus qu'à prier. Mais tout à l'heure, ses défenses n'étaient même pas baissées, preuve qu'il ne nous voulait pas vraiment de mal !

— C'était terrifiant, ajoute Jeremy.

— Magnifique aussi, corrige Arabella. Je n'ai qu'un regret, que Tatcha n'ait pas été avec eux.

— Comment le sais-tu ? demande Kid.

— Elle nous aurait reconnus !

Arabella vient d'accomplir un rêve de petite fille, mettre ses pas dans les traces de sa grand-mère, l'ancienne missionnaire en Afrique qui l'a éveillée à l'amour des éléphants. Elle n'a qu'une envie, suivre d'autres troupeaux.

Tous trois se sentent soulagés, heureux, émerveillés par ce qu'ils ont vu. Le retour est gai, les plaisanteries fusent. Le soir, Arabella accepte de bon cœur de dîner au Muthaiga Club à Nairobi, avec la petite bande. Le bar élégant et fourni, le gazon soyeux des terrains de golf et de croquet en ont fait un point de ralliement de la communauté anglaise. Aucun Noir n'y est admis, à part les serviteurs, et Kid, bien entendu, qui n'a plus vraiment de couleur aux yeux des colons, sauf celle de la musique qu'il joue si bien. Le trio retrouve là-bas Idina, les Janzé, Kiki et l'amie Beryl, à laquelle Arabella raconte les péripéties de la journée.

— Tu as eu de la chance, répond celle-ci. Je préfère mes chevaux ou les avions, c'est plus sûr !

La jeune femme pilote régulièrement des bimoteurs, survole des milliers d'animaux dans le bush et rêve de traverser l'Atlantique un jour.

— J'aime l'Afrique vue du ciel. Au fait, sais-tu que Helen va divorcer ? Pour la troisième fois !

Tabou en Angleterre, le divorce est banal au Kenya. On change de partenaire facilement, le désir fait loi.

Arabella n'a rien à répondre à Beryl, qui commande un autre gin, « bien tassé », avant de continuer.

— Tu connais la blague qui court en Angleterre à propos de notre Happy Valley ?

— Pas du tout, répond Arabella, qui se demande si elle a vraiment envie de l'entendre.

— « Vous êtes mariés ou vous vivez au Kenya ? »

Le niveau de bruit s'élève. Dehors, la nuit est un océan d'étoiles. Déchaînée, Alice de Janzé danse sur une table. Kid jette un œil à Arabella. Elle surveille Jeremy, en grande conversation avec une femme un peu trop séduisante. Kid connaît la suite des événements. Ce soir encore, il raccompagnera son amie, cherchera à la distraire de sa tristesse, de son dépit, de sa colère. Grisé par l'ambiance, l'alcool et les substances qui circuleront, Jeremy, lui, rentrera beaucoup plus tard. Kid l'avait surpris en train de sniffer de la cocaïne avec Kiki. Il craignait que « la Fille à la seringue d'argent » n'initie son ami aux paradis artificiels de l'héroïne.

Celui-ci l'envoyait balader quand il cherchait à le raisonner. « Kid, je suis un grand garçon ! Laisse-moi m'amuser un peu. Et occupe-toi d'Arabella, veux-tu ? Je compte sur toi. »

Craignant qu'Arabella n'en fasse les frais, Kid n'osait plus la moindre remontrance. Impuissant, il assistait aux sautes d'humeur de son ami, ballotté entre l'euphorie et l'abattement. En buvant autant, Jeremy cherchait à noyer un feu qui le dévorait. La peur ne le lâchait pas. Celle de revivre la nuit les horreurs de la guerre, d'avoir trahi son père en refusant de reprendre l'entreprise familiale. Loin de chasser ses angoisses, l'alcool les avivait, le flagellait. C'était un mauvais fils, un mauvais mari, doublé d'un bon à rien. Il se reprochait sa dureté envers Arabella et son incapacité à écrire le roman qu'il ambitionnait de publier ou même à rédiger ses articles. Serait-il seulement capable d'honorer la commande du *New York Times* sur les *Big Five* ? Rien n'était moins sûr. Il végétait au lit, à cuver son vin et à fumer des cigares qui faisaient des trous dans les draps, au lieu de s'installer devant la machine à écrire qu'il s'était mis à détester. Son rythme était mollasson, ses phrases ampoulées, sa ponctuation étrange et son sens de la narration aléatoire. Il ne serait jamais un écrivain et il savourait l'amertume de ce constat d'échec. Chaque verre le rendait plus pessimiste, plus méfiant, plus isolé. Quand il sortait dans la journée, c'était pour jouer aux cartes au Country Club ou traîner avec des joueurs de polo imbibés. Des lourdauds qu'il aurait fuis à Boston, vaniteux, méprisants envers les Africains qu'ils comparaient à des gosses attardés, en moquant, le nez pincé entre deux doigts, « leur hygiène déplorable », « leurs traditions infantiles ».

Arabella adresse un signe à Kid. Comme prévu, elle veut partir. La fatigue tombe d'un coup sur elle comme une masse. Avec Jeremy, ils ne sont mariés que depuis trois mois et ils ne partagent déjà plus leurs fins de soirée. Arabella trouve ce jeu triste et dangereux, même si elle cherche à se rassurer. Son mari est un être hypersensible, un artiste en devenir, il traverse une phase, il faut lui laisser du temps pour se recomposer, coïncider de nouveau avec lui-même.

En quittant le dîner, ils croient entendre une femme gémir dans les buissons. Mais peut-être est-ce leur imagination enfiévrée ? Kid conduit en silence et Arabella se tourne de temps à autre vers lui. Que serait-elle sans la fidélité et la constance de son ami ? L'homme à côté d'elle lui paraît un roc, un refuge, une lumière dans le vide de ses pensées. Toujours présent, sans rien juger ou exiger. Elle bénit le jour où le destin les a réunis à Paris.

La semaine suivante, elle se rend à une partie de bridge chez Helen, la future divorcée. Pourquoi avoir accepté, elle qui fuit les mondanités et déteste ce passe-temps stupide ? Elle préférerait de loin s'occuper de son potager ou des gosses de l'hôpital de Nairobi, mais Kid l'incite à sortir, à rencontrer des gens. Elle a aussi promis à Beryl qu'elle viendrait, et en femme de parole ne peut se résoudre à annuler. Dans le grand salon où des peaux de bête au sol lui font penser à des cadavres étendus, elle commande une citronnade. La partie lui paraît interminable, fastidieuse, sans cesse interrompue par des bavardages. Elle a hâte de pouvoir se retirer sans froisser ces dames avec qui elle partage si peu.

— Tu connais la cérémonie de la plume ?

— Non, pourquoi ? répond Arabella.

Beryl et les autres convives éclatent de rire.

— On l'a inventée, dit l'une d'elles. C'est très pratique. Il suffit de souffler sur une plume en direction d'un homme et celui-ci comprend alors qu'il sera accueilli dans nos bras.

— Et entre nos jambes.

Toutes gloussent, s'esclaffent. On dirait un poulailler surexcité, en manque de coq.

— Et encore, on ne t'a pas tout raconté, poursuit l'une des convives. On a des plantes ici qui peuvent vous réveiller un mort !

Soudain Arabella en a assez de ces nymphomanes décadentes, de leur cynisme, de leur vacuité. Elle évolue dans un monde de glaise qui menace de l'engloutir.

— Excusez-moi, j'ai un étourdissement, la chaleur…, prétexte-t-elle en se levant. Je reviens.

Mais Helen la suit jusque dans la pièce où elle s'est réfugiée pour boire un verre d'eau fraîche.

— Tu ne devrais pas prendre ça trop à cœur. On s'amuse, tu sais, voilà tout. Il faut bien tromper l'ennui des jours. L'Afrique, ce n'est pas Londres, hélas…

Arabella ne répond pas, au risque de paraître méprisante ou hostile.

— Tu te crois supérieure à nous, cingle son hôtesse, soudain mordante. Pourtant ton mari ne se gêne pas, lui. Tu vas devoir t'y habituer, ma belle, à être cocue. Comme nous toutes !

Un moment, Arabella croit avoir mal compris. Mais son cœur, qui sait et sent tout avant son esprit, s'emballe. Les longues nuits dehors, les retours furtifs à l'aube, l'indifférence de Jeremy qui ne touchait plus son corps, ses yeux comme des grottes sombres… Comment dans ce climat de débauche n'avait-elle pas pressenti le danger ? Elle se frapperait. Le chagrin l'envahit, essore son âme qui se rétracte sous le soupçon. Elle a envie de hurler, d'arracher ses vêtements, de balancer son verre à la tête de la maîtresse de maison. Mais ce serait faire trop d'honneur à cette Helen qui la toise d'un air mauvais, un frémissement aux lèvres, en semblant jouir de son trouble. Tremblante mais digne, Arabella s'esquive de la cuisine et va demander au boy de la raccompagner. Elle est incapable de conduire dans cet état.

Jusque tard dans la soirée, elle a attendu Jeremy. Seule, avec un goût de sang dans la bouche. Kid prend du bon temps à Nairobi, chez sa maîtresse, et c'est tant mieux, car ce qu'elle s'apprête à dire et à entendre ne requiert nul témoin, même proche comme lui. Enfin, Jeremy daigne apparaître, hagard, chancelant, une fois de plus.

— Où étais-tu donc ? Je ne savais pas quand tu reviendrais.

— Au pub, pourquoi ?

— À minuit ? Pourquoi mens-tu, Jeremy ? Que se passe-t-il ?

De près, il exhale un parfum inconnu de fleurs sucrées, d'une suavité qui soulève le cœur.

— Laisse-moi tranquille, veux-tu ? Je ne suis pas rentré pour me faire engueuler comme un gamin.

— Je ne te reconnais plus...

En elle, la peur et la peine se mélangent. L'homme en face d'elle ressemble si peu au Jeremy du Tennessee, de Paris, au Jeremy de leur amour.

— Je ne fais rien, on discute, on plaisante, réplique-t-il d'un ton rogue. Ici, comme tu l'as remarqué sans doute, les règles ne sont pas les mêmes.

— Mais pourquoi s'abîmer ainsi dans l'alcool, la coco, et puis...

— Et puis quoi ? crie Jeremy.

— Toutes ces filles qui te tournent autour, se lance Arabella. Tu crois que je n'ai rien remarqué ? Tu empestes la femelle !

Pour toute réponse, Jeremy va se servir un verre. Arabella sent alors la fureur l'envahir. Elle hurle et se précipite sur lui. Jeremy fait volte-face et la repousse en renversant la bouteille.

— Mais tu es cinglée, ma parole ! Et tu te demandes pourquoi je discute avec d'autres ? Tu m'étouffes ! Tout cela est de ta faute, d'ailleurs. Tu voulais venir ici...

— C'est faux ! riposte Arabella d'une voix de velours brûlé. C'est toi qui as eu l'idée de l'expédition, qui as tout payé. Et le mariage sur le bateau, c'était aussi ton idée, non ? Tout ça pour finir par draguer de riches héritières oisives, et Dieu sait qui, au lieu de t'atteler à ton roman.

— Oui, c'est vrai, fulmine Jeremy. Je n'arrive plus à écrire, les mots me fuient. Comme toi. Le reste, les filles, le cirque ici, je m'en tape. Tout cela n'a aucune importance.

— Tu veux qu'on rentre ? demande Arabella d'une voix de petite fille qu'elle déteste, mais qu'elle ne peut contrôler.

— Non, pas du tout. Et toi ?

— Ah non, alors.

— Toujours tes sacrés éléphants..., lâche Jeremy en esquissant un sourire triste, désabusé, tendre à sa manière.

À ce moment précis, Arabella décide de lui accorder le bénéfice du doute. Qu'a-t-elle de sérieux à lui reprocher ? Quelques regards échangés, des discussions tardives avec d'autres femmes, et les ragots d'une élite débauchée. C'était son Jeremy, son mari, elle devait lui faire confiance et le soutenir dans cette passe délicate. Il est la lumière, la source sans fond, le lien incassable.

— Tu devrais te coucher, il est tard, dit-elle. Viens avec moi.

— Vas-y. Je te rejoins.

Seule dans le lit, Arabella cherche des raisons de se calmer, d'espérer. L'Afrique agira comme un baume sur les blessures de Jeremy, il se remettra à écrire, retrouvera son équilibre perdu.

Pendant quelques semaines, l'espoir renaît chez la jeune femme. Jeremy lui parle plus gentiment, se laisse embrasser, caresser, et semble de nouveau s'intéresser à son roman. Elle n'objecte rien à ses escapades à Nairobi, même quand il rentre fourbu et visiblement éméché. Secondée par Kid, elle essaie de le distraire, de l'empêcher de dériver.

Jeremy aimant les safaris, elle s'est adjoint les services de Toombo, un guide réputé grand pisteur de lions. Ils passent ainsi de longues journées à suivre les traces d'un vieux mâle, qui apparaît soudain, avec sa grosse tête et sa crinière sombre. Il enfouit sa gueule rougie par le sang dans les flancs d'une girafe qu'il vient d'égorger. Arabella ne cille pas devant ce tableau cruel, éprouvant même une sorte d'euphorie à ce spectacle mêlant la vie et la mort. Mais Kid ne cache pas son émoi, son dégoût.

— Traquer, survivre, c'est la loi de la nature, frérot, plaisante Jeremy.

— Ne me parle pas de traque ni de survie, *bwana*, riposte Kid. Je sais ce que c'est.

Celui-ci s'évertue désormais à improviser des phrases en swahili, ce qui ne manque jamais de faire sourire Toombo, découvrant ses dents en touches de piano.

Parfois ils tombent sur des éléphants victimes de braconniers. Un spectacle lamentable, les animaux gisent dans une mare de sang, les défenses arrachées. Aujourd'hui, à côté du cadavre s'agite une créature au corps couvert de duvet et aux oreilles minuscules.

— C'est son bébé ! s'exclame Arabella. Quand la mère meurt, le petit est condamné à court terme.

Sauf si la matriarche s'en occupe. Mais là, elle a déjà son éléphanteau. Que va-t-il devenir ?

— Il mourra de faim ou dévoré par un lion, répond placidement Toombo.

Les autres éléphants font cercle autour de l'éléphanteau qui cherche sans succès à relever sa mère.

— Je hais les braconniers qui tuent la beauté, la noblesse, enrage Arabella.

— On devrait interdire le commerce des bijoux et des objets en ivoire, ajoute Kid.

Le guide secoue la tête. Décidément, les Blancs ne comprendront jamais rien à l'Afrique, avec leur prétendue supériorité !

Ce soir, devinant sa peine, Jeremy se rapproche de son épouse. Pour la première fois depuis longtemps, elle sent qu'il la désire et elle se donne à corps perdu. Le plaisir les cueille, les laissant stupéfaits et reconnaissants.

— Fais-moi un enfant, Jeremy.

Dictée par l'instinct, la phrase est sortie toute seule et la surprend elle-même dans le silence qui la prolonge.

— Pourquoi pas ? insiste-t-elle. Imagine un petit qu'on élèverait ici.

Jeremy se lève brusquement du lit et va boire un verre d'eau. Quand il revient, sa voix est bizarre :

— Nous en reparlerons. Ce n'est pas le moment, crois-moi. Bonne nuit.

Arabella reste seule avec ses questions, ses doutes. L'idée d'un bébé a pu naître tout à l'heure à la vue de l'éléphanteau orphelin, mais en vérité elle vient de plus loin. Des champs de bataille en France où elle a côtoyé la mort de près, des Parisiennes arborant fièrement poussettes et ventres ronds ou du cycle incessant de la vie observé dans le bush. Conçu ici sur la terre d'Afrique, ce bébé incarnerait, consacrerait leur amour, scellerait les noces rouges entre elle et ce continent. Elle deviendrait une Africaine elle aussi, puiserait force et vitalité dans ces paysages, ces peuples, cette faune qui circulait, libre et fière, sur une terre qui lui appartenait. Pourquoi Jeremy ne le comprend-il pas ? Dans l'obscurité, elle attend un geste, une phrase, en vain. Il dort ou fait semblant. Demain, elle trouvera les mots, le moment pour en reparler, le rassurer, lui donner confiance en eux.

Mais les semaines suivantes, Jeremy redevient distant, fuyant, tourmenté. Un froid mortel s'est immiscé entre eux. Le silence les emprisonne comme de la glu.

Arabella travaille désormais deux jours par semaine à l'hôpital de Nairobi, soulageant les enfants et les mères. Quand l'accouchement se présente mal, ces dernières arrivent les traits déformés par la douleur, après avoir parcouru des kilomètres à pied. Arabella les accueille, les assiste et les délivre toute seule lorsque le médecin est débordé. Ces petits êtres s'agitant dans ses bras la réconfortent, donnent raison à son désir d'enfant. Il faut aussi soigner ceux qui souffrent de dysenterie, de paludisme, de gale, de malnutrition. Elle fourmille d'idées pour moderniser l'établissement, souhaite s'inspirer du formidable dispensaire d'Albert Schweitzer au Congo et envisage une spécialisation en médecine tropicale. Kid l'encourage à reprendre ses études contrecarrées par son père, le sinistre comptable Joseph Cox. Tous les soirs le duo tire des plans sur la comète sous le porche de la maison. Pourquoi ne travailleraient-ils pas ensemble, lui en musique, elle en médecine, à soulager la misère locale ?

Quand ses dérives ne l'éloignent pas nuitamment de la maison, Jeremy les observe de loin, jaloux sans se l'avouer de leurs conciliabules. Parfois l'Afrique, ses traditions, ses déviances lui pèsent, mais il n'envisage pas de vivre ailleurs. Paris ne lui semble plus une fête car il n'y retournerait qu'une fois son roman terminé. Il n'a pas non plus envie de rentrer aux États-Unis, malgré les lettres de plus en plus pressantes de sa mère et de sa sœur. Comment réintégrer le giron familial à Boston après avoir connu les horreurs de la guerre et les bonheurs de Paris, la majesté de l'Afrique ? Et, surtout, dans quel but ?

Jeremy se rêve toujours écrivain, à la manière de ce Hemingway rencontré rue de Fleurus chez Gertrude Stein. Impatient de le lire, il s'était procuré son premier roman, *Le soleil se lève aussi*, l'histoire d'un soldat américain dans le Paris des Années folles. L'ouvrage qui décrivait maints endroits qu'il connaissait l'avait bluffé par son style expressif et dépouillé. Il voulait écrire ainsi, des phrases qui sonnaient vrai, percutantes, à l'os, mais les mots lui glissaient des doigts, le narguaient. Quand il s'essaie à décrire les champs de bataille de sa jeunesse, il se trouve plat, convenu, incapable de restituer ses fièvres, ses effrois, de se hisser au niveau de cette tragédie mondiale. Alors il se venge sur Arabella en la punissant par son indifférence, sur Kid en ne lui parlant que de banalités, alors que ce dernier voudrait débattre avec lui de tant de sujets : les droits des indigènes, le pouvoir des colons blancs, la musique africaine. La violence de Jeremy s'exerce principalement sur lui-même. Se reprochant ses insuffisances et ses lâchetés, il excelle dans le double rôle du bourreau et de la victime, c'est même devenu son seul talent. Il boit comme un trou, fume comme un pompier et s'enfile des lignes de poudre blanche qui lui procurent un sentiment de surpuissance, bienfaisant mais si abstrait, si fugace. Il a brûlé ses notes, annulé toute nouvelle commande d'articles et remisé sa machine à écrire sur la plus haute des étagères. Il n'y a pas que les livres, après tout, dans la vie ! Et si la littérature changeait quoi que ce soit à la marche du monde, cela se saurait ! Il peut bien s'accorder de longues vacances dans cette région du Kenya qui ressemble pour les Blancs à un terrain de jeux idéal. Il s'étourdit de fêtes, de parties de polo et d'escapades louches dans Nairobi. À un moment, il avait caressé l'idée d'une plantation de café en altitude avec Kid, qui se souvenait de ses mois passés à cultiver le coton. Mais, outre le risque de sécheresse et les maladies des plantes, la première récolte demanderait quatre ans. Qui sait où ils se trouveraient alors ?

Ce jour-là, Arabella est sortie plus tôt de l'hôpital. On avait encore coupé l'électricité. L'établissement ne disposant pas de groupe électrogène, il avait fallu remettre au lendemain une opération urgente. Excédé, le médecin sud-africain avait failli jeter l'éponge – comment soigner dans ces conditions ? – mais Arabella et les autres « infirmières » avaient réussi à le calmer. La jeune femme avait ramené le malade dans sa chambre puis s'était penchée sur le cas de deux bébés à la peau grise et aux lèvres sèches, signes alarmants de déshydratation.

Elle s'était installée au volant de sa petite Ford T, harassée et accablée par la chaleur renvoyée par les toits en tôle des habitations. Et les avait vus sur Government Road. C'était bien lui, Jeremy, cette silhouette inoubliable de leur première rencontre dans le Tennessee, enserrant la taille d'une jeune femme aux cheveux très blonds retenus par un ruban rouge vif. Ils s'embrassaient, se chuchotaient des mots à l'oreille, et les lèvres de Jeremy s'attardaient dans son beau cou blanc. Sidérée par la scène, tremblante, Arabella ne parvient pas à en détourner les yeux. Son mari, doux et attentionné comme il savait l'être avec elle autrefois, s'affichant avec une inconnue au sourire en boomerang en pleine rue ! Morte à l'intérieur, elle gémit de douleur, comme pour l'expulser. Elle n'a plus qu'une idée : s'enfuir. Elle démarre, pied au plancher, et fonce jusque chez eux. Kid, qui joue de la clarinette pour les lézards sous le porche, s'alarme en la voyant piler devant la maison.

— Que se passe-t-il ?

Arabella court jusqu'à la salle de bains et laisse son estomac, secoué de spasmes violents, se délester de son dernier repas. Le chagrin la vrille comme une crampe. Un accouchement ressemble-t-il à cela ? Elle ne le saura peut-être jamais, et lutte pour retrouver une respiration normale.

— Dis-moi ce qui se passe, je t'en prie, tambourine Kid derrière la porte.

Quand elle ouvre enfin, livide, pantelante, elle s'écroule dans ses bras.

— Jeremy…

— Il va bien ? Rassure-moi.

— Je l'ai vu avec une autre femme dans la rue.

Kid soupire longuement. Jeremy n'était ni mort ni blessé, c'était déjà ça. Quant au reste, il savait, même sans connaître les détails. Plusieurs fois témoin de ces soirées étranges où des couples se formaient, il avait remarqué la fascination de Jeremy pour ce manège sensuel. Dans ces moments-là, le visage de son ami se tatouait de vice. N'ayant aucun goût pour le voyeurisme et les orgies, Kid plantait là ces pervers qu'il méprisait, abandonnant Jeremy à ses fantasmes. Qu'il ait franchi le pas et pris une maîtresse, comme les autres colons, l'attristait sans l'étonner. Jeremy avait tout gâché, pour une autre qui n'en valait pas la peine. Il ne mesurait pas sa chance d'avoir rencontré Arabella, si belle, si loyale. Il révélait sa vraie nature, celle d'un enfant gâté.

Kid parvient à asseoir Arabella, la couvre d'un châle, lui prépare une tasse de thé. Il ne dit rien – à quoi bon ? – mais reste près d'elle. Tous deux attendent le retour de Jeremy avec rage et appréhension. Comme s'il avait senti l'orage, celui-ci ne se montre pas de la nuit. À l'aube, épuisée, Arabella sombre dans un sommeil confus. Le matin vibre de mille sons d'insectes et les chauves-souris qui volent en escadrilles au-dessus de la maison semblent à Kid de mauvais augure. Le bruit de moteur de l'Hispano-Suiza bleu marine se fait enfin entendre. Jeremy s'en extirpe avec lenteur. Kid s'approche et le cueille d'un direct à la mâchoire.

— Mais ça va pas ? hurle Jeremy, affalé sur le capot de la voiture. Qu'est-ce qui te prend ?

— Ça, c'est pour Arabella. Et la traînée avec qui tu la trompes !

Jeremy se retourne, la lèvre ouverte. Du sang s'étoile sur sa chemise. Stupéfait, il passe sa main sur sa bouche.

— En quoi ça te regarde, bordel ?

— Tu n'es qu'un salaud, réplique Kid. Doublé d'un imbécile.

— Et toi, un enfant de chœur. Tous ces gospels du Sud t'ont pourri la tête.

— Il ne s'agit pas de religion. Mais d'Arabella, ta femme. Pourquoi la faire souffrir ainsi ? Elle ne mérite pas ça. Que lui reproches-tu, à la fin ?

— Tout, crache Jeremy. Et rien. Écoute, tu ne peux pas juger ma vie conjugale. Reste en dehors de tout ça, c'est mieux, je t'assure.

— Arabella est toujours prête à t'aider, à t'écouter, à te rendre l'existence plus facile. Et toi, tu ne vois rien, comme d'habitude.

— Elle me fatigue. Et toi aussi. J'ai bien le droit de me distraire, j'ai l'âge pour ça, non ?

— L'âge de te détruire, oui, et de détruire ton mariage… Regarde-toi, mon vieux.

Kid pose sa main à plat sur la poitrine de son copain qui vacille et se rattrape à lui maladroitement.

— Tu vois, lui dit Kid, pas la peine de te faire un dessin, tu as compris.

— Tire-toi, si tu n'es pas content. Nous n'avons pas besoin de toi. Nous n'avons d'ailleurs jamais eu besoin de toi !

— Tu te trompes, Jeremy. Ici, c'est moi qui n'ai plus besoin de toi. Surtout dans cet état ! Qui es-tu pour me donner des ordres ? C'est toi qui devrais quitter ce pays. Il ne vous réussit pas, à toi et aux tarés que tu imagines être tes amis.

Sans repasser par la maison, Kid file demander l'hospitalité à Beryl pour quelques jours. Quand il sera calmé, il reviendra embrasser Arabella et prendre ses affaires, c'est tout ce que son esprit embrouillé peut concevoir en cet instant. Il revoit un autre départ, celui de la maison familiale, il y a si longtemps. Un sentiment d'abandon lui coupe le souffle. Il a l'impression d'avoir été chassé comme un serviteur qui aurait volé l'argenterie. Il n'avait jamais vu Jeremy ainsi, l'air mauvais, plein de morgue. Il lui fallait partir, il ne voulait pas assister à la fin d'une amitié. Beryl ne semble même pas étonnée de le découvrir sous son porche. Dans la chambre d'amis, volets fermés, il se terre, abattu.

Quand Arabella se réveille, Jeremy la regarde, l'air exténué et hâve.

— Je t'ai vu, hier, murmure-t-elle.

— Où ?

— À Nairobi, avec elle.

— Arabella, ce n'est rien. On avait trop bu, trop dansé, voilà tout.

— Comment veux-tu que je te croie ? demande Arabella. Je ne sais plus qui tu es.

— Je suis fatigué. Si je pouvais dormir…

— Y en a-t-il eu d'autres depuis notre arrivée ?

— Mais non, que vas-tu chercher ? Je n'aime que toi, tu le sais, non ?

— Je ne sais plus rien, rétorque-t-elle. Tu sors sans moi, tu couches avec d'autres filles, tu te comportes comme l'un de ces sales aristos d'ici, dépravés et concupiscents.

— Je ne voulais pas que tout ça arrive.

— Moi non plus, crois-moi. Où est Kid ?

— Chez Beryl. On s'est disputés.

Jeremy n'ose pas raconter la scène car il en a honte, comme de s'être affiché avec cette Barbara Forester, à la quarantaine chic, une grâce de reine et des yeux de putain. Entre eux, tout avait commencé comme un jeu, elle l'avait aguiché à l'hippodrome de Kariokor, où elle misait gros, en le frôlant d'un peu trop près et en riant à tout ce qu'il disait. Avec elle, il retrouvait un semblant d'importance. Et à la pliure du jour, dans la touffeur de l'air, elle l'avait entraîné dans une chambre obscure. Elle ne portait pas de dessous, juste des bas d'une douceur troublante, et ils avaient fait l'amour précipitamment, sauvagement. Elle lui susurrait des mots crus, l'excitait par des positions acrobatiques. Ils s'étaient retrouvés une vingtaine de fois. Mais il allait rompre, il devait rompre. Kid avait raison, il se comportait comme le dernier des salauds. Il avait rejoint le camp de ces types veules qu'il méprisait autrefois.

Jeremy monte se coucher, non sans adresser un dernier regard à Arabella. Elle se détourne, le voir lui fait mal. Il est devenu un pays inconnu. Dehors, le ciel se colore de rose mais la beauté africaine ne l'apaise plus. Elle se confronte à tant d'émotions, de sentiments mêlés ! Cependant, si elle sonde son cœur, elle n'y lit qu'une chose : elle se sent incapable de quitter Jeremy, d'imaginer une vie sans lui. Il faut trouver un moyen de le ramener à elle. Ils n'avaient pas vécu toutes ces aventures à Erwin, à Paris, en Afrique pour se laisser détruire par une demi-mondaine nymphomane. Les mots de sa mère lui reviennent, ceux qui la mettaient en garde contre les hommes, et les pleurs coulent par rafales.

Dès le lendemain, Jeremy avait frappé chez Beryl pour s'excuser auprès de son ami.

— Je suis désolé. Je ne sais pas ce qui m'a pris. Reviens.

— Non, répond fermement Kid sur le seuil de la maison. Avec Arabella, vous avez du travail. Et puis, tu l'as dit, vous n'avez pas besoin de moi.

— C'était sous le coup de la colère, tu le sais bien. D'ailleurs, toi non plus, tu ne m'as pas épargné... Rappelle-toi : tous les trois, on est invincibles.

Kid sourit tristement au rappel de cette devise, aujourd'hui bafouée, devenue dérisoire. Était-ce la fin de leur aventure ? Devait-il rentrer au pays, seul, comme il en était parti ? Kid voulait s'installer ici, apprendre aux petits l'alphabet et le solfège. Il s'en sentait capable. La guerre l'avait affranchi de sa peur d'enfant d'esclave, et l'Afrique, réconcilié avec lui-même et son histoire. Fort des leçons d'un passé tragique, il renaissait, transfiguré, sur la terre de ses aïeux. Il referme doucement la porte devant Jeremy, le laissant désemparé. Jamais ce dernier n'a autant mesuré l'importance de Kid dans leur vie. Kid était leur confident, leur compagnon. Avec lui, ils pouvaient tout dire, laisser libre cours à leurs émotions. Et si leur couple n'avait tenu que par la grâce d'un tiers, à la fois réservé et toujours présent ? L'idée est vertigineuse et Jeremy s'efforce de la chasser.

Les semaines suivantes s'écoulent, indifférentes au chagrin du trio. Dans la maison, deux étrangers se croisent désormais, murés dans un épais silence. Jeremy a investi la chambre de Kid et il rentre de plus en plus tard.

Certains matins, Arabella prépare déjà son premier thé quand il arrive. Elle n'objecte rien à ses yeux vitreux, à ses vêtements sentant l'alcool et le parfum tourné. Elle déploie des efforts surhumains pour ne pas le chasser de chez eux. Ils vivent désormais des existences parallèles. Pendant que Jeremy se trouve Dieu seul sait où, Arabella passe de plus en plus de temps à l'hôpital et chez Beryl en compagnie de Kid.

— J'ai l'impression d'être devenue un fantôme, confie-t-elle à son amie. Je n'arrive ni à lui pardonner ni à le quitter.

— Jeremy est un homme bien, mais fragile, complexe. Je sais qu'il a rompu avec la Forester. Entre nous, elle s'est déjà consolée ailleurs…

— Je lui en veux tellement ! reprend Arabella. J'hésite entre la rage et le désespoir.

— La rage, c'est mieux, crois-moi, répond Beryl. Et beaucoup plus séduisant ! D'ailleurs, tu devrais lui montrer qu'à vingt-neuf ans, toi aussi, tu peux aimer ailleurs !

— Pas envie de jouer à ce petit jeu. Je voudrais pouvoir atteindre son cœur, comme avant.

Beryl lève les yeux au ciel en souriant. Les vapeurs, les atermoiements de l'amour, le romantisme conjugal, très peu pour elle ! Fuyant les complications, guidée par son seul plaisir, elle préfère choisir ses amants, sous le regard amusé, excité de son mari. Selon elle, les hommes, comme la chasse ou les avions, rendaient l'existence supportable.

— Bon, si tu ne veux pas te venger, rapproche-toi de lui, continue-t-elle. À part l'amour, qu'aimiez-vous faire ensemble ?

— Regarder les éléphants, répond Arabella dans un pauvre sourire. C'est un éléphant qui nous a réunis.

— Alors, vas-y, fonce ! Retrouvez-vous sous le signe de ces glorieux pachydermes !

À la surprise d'Arabella, Jeremy a tout de suite accepté la proposition, heureux de ce pas en avant.

Désormais, ils partent presque tous les matins, parcourant des kilomètres de pistes rouges. Soucieux de leur intimité, Kid a décliné l'invitation de se joindre à eux. Ils avancent à deux, face au vent, dans cet univers de cendre chaude, en silence. Ces paysages illimités diluent leur angoisse et leur chagrin. Parfois leurs doigts se touchent autour d'une timbale de thé, et ils sursautent. Arabella scrute l'horizon à la recherche de troupeaux. Le souvenir de l'éléphanteau abandonné la poursuit, elle voudrait revoir des bébés qui jouent dans une mare en se distribuant gentiment des coups de trompe. L'image d'un enfant à elle s'immisce parfois dans ses visions. Tout se mélange dans sa tête, les bêtes, les humains. Est-elle en train de perdre doucement la raison ?

Un jour, leur patience est récompensée. À cent mètres, un petit groupe d'animaux s'ébat dans une mare d'eau. Ce ne sont que barrissements, grondements vibrants. Une éléphantelle remplit sa trompe et la vide à grands jets sur son voisin. Arabella jubile. C'est si bon de rire comme avant ! Jeremy la regarde, s'approche pour l'embrasser. Elle ferme déjà les yeux quand deux grands singes sautent d'un arbre, les bousculent et dérobent le sac de sandwiches du pique-nique à l'arrière du véhicule. Ils sursautent, amusés, tant pis, ils se passeront de déjeuner. Et de ce baiser. Car Arabella fait diversion.

— Tu as vu, cette femelle est pleine. J'aimerais assister à un accouchement.

— Ça doit être quelque chose, répond Jeremy. Après presque deux ans de grossesse, quelle délivrance !

Sans le dire, ils pensent tous deux à leur conversation un soir au lit, à la demande pressante d'Arabella.

— Tu vois, poursuit-elle doucement, un troupeau ressemble à un village humain avec des adultes responsables, des enfants chahuteurs, des jeunes qui s'amusent…

Jeremy se rapproche encore, cette fois, pas de singe pour les gêner. Il prend le visage d'Arabella en coupe dans sa main et caresse ses joues. Elle sent cette chaleur et se laisse embrasser, sans un mot.

Le retour est joyeux, dans l'air frais, face à ce ciel immense aux nuages noirs immobiles. Chacun de son côté revoit ce baiser, espère et prie. L'Afrique qui les a séparés les réunit à nouveau et les éléphants veillent encore sur eux. Chaque jour, ils s'aventurent plus loin en voiture et dans la connaissance de la vie des troupeaux. Jeremy a meilleure mine, l'air presque dispos. Le soir, désormais, il ne sort plus et s'efforce de moins boire. Il n'a pas touché à la cocaïne depuis des semaines, malgré l'envie qui l'en taraude parfois. Arabella sent revenir l'espoir, la chape de plomb s'alléger sur ses épaules. Le charme n'est pas rompu mais un mur invisible les divise encore. Il n'y a que dans l'immensité de la plaine africaine qu'ils sont unis.

— Tu verras, bientôt cette période de ta vie sera derrière toi, et pour de bon, la rassure Kid.

Le jeune homme se réjouit de ce rapprochement, même s'il pense au fond de lui que Jeremy aura du mal à changer. Son charme, sa force, son talent semblent s'être dévoyés dans un engrenage de plaisirs faciles, toxiques. Saura-t-il exorciser ses démons ? Arabella, elle aussi, doute. Elle rêve du corps de Jeremy sur le sien, mais insiste pour faire chambre à part. Tout en elle s'oppose à des retrouvailles charnelles. L'ombre de l'autre, des autres qui sait, est encore trop présente.

Jeremy perçoit cette crainte, cette réticence, et la respecte. Certains jours, il se convainc qu'ils forment toujours un couple ; à d'autres moments, il se sent dériver, aspiré dans un siphon dépressif. Son meilleur ami lui bat froid, sa femme ne supporte plus de partager un lit avec lui, sa carrière de journaliste et ses projets d'écriture demeurent au point mort. Et tout cela par sa faute. Il aimerait s'en ouvrir à Kid, mais là encore, quelque chose s'est brisé entre eux depuis leur altercation. Il porte sa peine seul, et repense souvent aux combats en France, à ce Paris d'après-guerre qu'ils sillonnaient tous les trois, à l'éléphant libéré à Cogolin. Il se sentait vivant alors, indestructible, plein d'énergie, de confiance dans l'avenir. Jeune en un mot. Il doit revenir à Arabella, lui prouver l'importance qu'elle revêt pour lui, fonder cette famille qu'elle espère. Il a trente-huit ans, l'âge de devenir père. Il lui en parlera dès aujourd'hui. D'un cœur plus léger, Jeremy ouvre la portière à sa femme.

— En avant, reine de la savane.

Ils dépassent des villages bleuis de fumée, traversent des clairières d'herbe grasse, des plaines sentant la rosée, des marécages à sec que l'eau a depuis longtemps désertés. La sécheresse règne et les animaux traquent la moindre goutte d'humidité. Les éléphants en particulier souffrent du manque d'eau et certains s'allongent ou s'effondrent même, restant sur le flanc sans bouger. Spectacle horrible auquel ils assistent, impuissants.

— Il faudrait créer une réserve, un sanctuaire, dit Arabella. Un lieu où ils seraient en sécurité, à l'abri des chasseurs, des braconniers, avec assez de nourriture et d'eau. Un jour, j'en suis sûre, les hommes viendront admirer les bêtes dans leur habitat, pas dans des zoos ou des cirques. Des numéros sans animaux, tu imagines un peu !

— Des réserves, en Afrique, il y en a quelques-unes, affirme Jeremy, en lâchant le volant pour toucher la main d'Arabella. Mais tout reste à construire. Un jour peut-être…

Ils se regardent en souriant, complices.

— Avec Kid.

— Avec Kid, répond Jeremy.

Un rhinocéros noir solitaire s'enfuit devant eux, soulevant des nuages de poussière. Arabella bat des mains.

— Suis-le !

Au lieu d'obéir, le jeune homme, soudain sérieux, se tourne vers sa femme.

— Je voulais te dire, Arabella, j'ai bien réfléchi et…

Jeremy ne finit pas sa phrase et pousse un cri. Arabella a à peine le temps de distinguer une forme noire qui s'enfuit entre leurs jambes que la voiture fait une embardée et s'encastre dans un balsamier noueux. Le choc la projette en avant, contre le pare-brise, mais elle ne perd pas connaissance. À côté d'elle, Jeremy geint, les yeux fermés. Un serpent sombre s'échappe par la portière. Il devait dormir dans le véhicule, les cahots de la piste l'ont réveillé, provoquant l'attaque. Il s'agit d'un mamba noir, le serpent le plus agressif et le plus rapide du continent africain.

— Il t'a mordu ? demande-t-elle, affolée.

— Je crois.

Le teint gris, Jeremy désigne en gémissant le haut de sa cuisse où la bête a planté ses crochets. Le mamba paralyse sa victime en quelques minutes et provoque un arrêt respiratoire. Arabella saute de la voiture, déplace Jeremy sur le côté et tente de démarrer. Dix fois, le moteur tousse, regimbe, cale. L'accident a dû endommager une pièce. Elle pousse un cri d'angoisse, seule dans l'immensité africaine, sans secours à l'horizon. Suffoquant, Jeremy est pris de convulsions. Arabella déchire le pantalon, deux points sanguinolents apparaissent sur les chairs tuméfiées. Elle défait sa ceinture pour pratiquer un garrot, pose une pierre sur la morsure, un truc pour retarder les effets du poison que le boy leur avait appris, et cherche à se calmer. Cette voiture doit démarrer ! Elle y retourne, martyrise le démarreur, l'exhortant à fonctionner, et soudain le moteur vrombit. La jeune femme fonce sur la piste. Ils se trouvent à environ deux heures de la maison, à deux heures trente de Nairobi. Elle hésite entre deux directions, dans le bush tout se ressemble, perd de précieuses minutes à se repérer, puis retrouve son chemin, le lac asséché, cet arbre-là qui semble lui ouvrir les bras.

La dernière phrase de Jeremy la hante : « Je voulais te dire Arabella, j'ai bien réfléchi et… » Que pouvait-il avoir en tête ? Parlait-il de la réserve d'éléphants ? De leur couple ? Les deux peut-être. Le saura-t-elle un jour ? Elle refrène un sanglot, essuie de sa manche son nez qui coule, accélère vers Nairobi et l'hôpital qui le sauvera. À un moment, elle croit entendre un râle. La peur agrafe ses entrailles et elle prie, des bouts de prières venant de son enfance. Le visage gonflé, les yeux fermés et les joues pâles, Jeremy halète.

— Respire, Jeremy, respire, bon Dieu !

Quand les faubourgs bordés d'eucalyptus de Nairobi se précisent au loin, Arabella accélère encore, le vent lui fouette le visage et les insectes s'agglutinent contre le pare-brise. Enfin, elle pile devant l'hôpital.

Steve, l'un des infirmiers, s'approche de la voiture. Arabella travaille avec lui, mais dans la panique, elle le reconnaît à peine. Il ouvre la portière, ausculte Jeremy un long moment, puis se tourne, l'air grave, vers Arabella.

— C'est fini, Arabella. Je suis…

La jeune femme se met à hurler. Sa bouche répète sans fin le cri de ses yeux. Puis elle martèle de ses poings la poitrine de l'infirmier qui encaisse les coups sans broncher.

— Appelle le médecin, tout de suite. Il lui faut un massage cardiaque et un sérum antivenimeux.

— Arabella, il est parti, explique-t-il doucement. Depuis une demi-heure environ. Vérifie par toi-même.

La jeune femme se jette sur Jeremy, saisit ses mains qu'elle cherche à réchauffer dans les siennes, et elle refuse l'évidence. Jeremy était mort, mort sur la route, alors qu'elle conduisait à tombeau ouvert pour le sauver. Sa vie s'était arrêtée dans la clarté bleue d'un matin africain qu'ils partageaient, et elle n'avait rien pu faire. Implorant le ciel, elle laisse échapper une plainte atroce. Steve court chercher des calmants.

Prévenus, Kid et Beryl arriveront rapidement, suivis par les Janzé, alertés par le tam-tam mondain de la Happy Valley. Kid et Arabella tombent dans les bras l'un de l'autre, emplis du même chagrin, de la même révolte. Jeremy, qui avait survécu à tous les périls de la guerre, avait succombé en plein bush, à la morsure d'un serpent qui n'attaquait que rarement les humains. C'était absurde. Le visage spectral, Arabella rapporte de nouveau d'une voix de verre brisé les derniers mots de Jeremy à Beryl. À l'écart, le cœur en miettes, Kid s'occupe du certificat de décès.

Des semaines qui suivirent, Arabella se souviendrait à peine. Il y eut l'enterrement dans la savane, sous un grand acacia à la couleur argentée, et l'impossible bleu des fleurs. La jeune femme avait dû batailler contre le clan bostonien. La mère de Jeremy souhaitait voir son fils reposer dans le caveau familial. Mais Arabella avait tenu bon. Jeremy, qui aimait cette contrée, y séjournerait pour l'éternité. Finalement sensibles aux arguments d'Arabella, Mme Parkman et sa fille avaient effectué le voyage jusqu'au Kenya. À part Barbara Forester, qui n'avait pas eu l'indécence de se montrer, toute la colonie anglaise avait assisté aux obsèques, une marée de visages, souvent en pleurs. De manière plus surprenante, de nombreux Kikuyus s'étaient aussi déplacés, armée silencieuse et digne. Émue, Arabella avait serré la main de chacun. Depuis des jours, elle ne dormait plus, ne mangeait pas, n'arrivait pas à parler, engloutie par le chagrin.

Elle apprécie la solitude du bungalow blanc. Là, elle contemple sans fin les photos de Jeremy. Elle repense souvent à l'étrange réaction de la Gitane à Paris, la diseuse de bonne aventure du zoo de la porte de Vincennes avait dû lire la mort prématurée de Jeremy dans les lignes de sa main, sans oser la lui annoncer. Son destin en aurait-il été changé ? Parfois, une colère noire l'envahit à la pensée que tout allait mieux entre eux quand le sort les avait frappés. Et par l'entremise d'un serpent encore, une saleté de reptile ! Arabella avait songé à une charge d'éléphants, de buffles ou de rhinocéros sans se douter que le danger viendrait de quelque chose d'infiniment plus petit, visqueux, vicieux. Pourquoi n'avait-elle pas été mordue, elle, à sa place ?

Convaincue qu'elle ne survivrait pas à l'absence de Jeremy, elle songeait parfois à la mort comme à une solution enviable. Elle s'en voulait pour tout : ses scènes de jalousie, sa froideur, son refus de refaire l'amour avec lui. Son chagrin exonérait son mari de toute responsabilité, tout était de sa faute à elle. Si elle avait pu recommencer, elle aurait tout changé, y compris et surtout elle-même, imaginant sa peau contre la sienne.

Tout naturellement, Kid s'est réinstallé dans la maison. Chaque jour, il veille sur Arabella, l'oblige à grignoter un toast, à prendre une douche. Elle est l'enfant qui sanglote, l'amoureuse seule désormais, et il éprouve une immense tristesse à la voir ainsi, ensevelie sous le poids de ses souvenirs. Ensemble, ils parlent de lui, rangent ses papiers, et quand les pleurs surviennent à la tombée du jour, Kid est toujours là, l'épaule solide, compatissante, le mot affectueux. Pourtant le deuil l'encombre aussi. Certains matins il ne trouve pas la force de se lever, d'affronter un monde sans Jeremy, encore moins de jouer de la musique, en l'absence de sa famille, de son propre frère. Il le mesure maintenant, Jeremy Parkman avait rempli tous ces rôles pour lui. Il s'était montré son ami, son frangin, parfois son père aussi. Sans se l'avouer, Kid l'avait imité, cherchant à lui plaire, à l'impressionner, comme il l'avait fait avec Big Jim pendant cette sale guerre. Jeremy avait été son pilier, le socle sur lequel il s'appuyait. Sans lui, Kid se sent orphelin, privé de lumière, de fraternité. La dernière brouille oubliée, ne restaient qu'une incroyable amitié de huit ans et un long voyage qui l'avait mené du Grand Duc, rue Pigalle, où Kid avait rencontré Bricktop, au fin fond de l'Afrique.

Arabella dépérit à vue d'œil, petit oiseau de malheur à la voix de verre brisé. Il aimerait endosser sa peine, mais c'est impossible. Chacun vit seul son deuil, enfermé dans un chagrin trop vaste pour soi, et le désarroi crispe leurs visages. Ils le découvrent, la religion, les livres, les autres ne sont d'aucun secours. Seuls le silence, le travail au potager, le sommeil, la douceur des lettres d'Elizabeth venues de New York écartent un peu la douleur. Tous les jours, ils se rendent devant la tombe de Jeremy et Kid sent Arabella vibrer de tristesse et de rage. Comment apaiser ce fleuve de désespoir qui menace de les emporter tous les deux ?

Un jour, une lettre de Boston est arrivée. Arabella avait laissé à Kid le soin de l'ouvrir. C'était le notaire de Jeremy.

— L'héritage de Jeremy ! Il t'a tout légué, dit-on ici, à part un capital important à son neveu.

— Je m'en moque, répond Arabella.

— Arabella, Jeremy a voulu te protéger. Ton salaire d'infirmière ne te permettra pas de vivre. Même ici. Et encore moins en Europe ou aux États-Unis.

— Je ne retournerai jamais à Paris ni dans le Tennessee.

— La vie est longue, Arabella. Que comptes-tu faire ?

— Kid, je ne veux pas quitter l'Afrique. Ici, je le vois partout, dans ces nuages roses, ces milliers d'oiseaux, près des jacarandas aux pétales mauves. Comment pourrais-je l'abandonner ?

— L'abandonner ? Je voudrais bien voir ça ! Grâce à lui, tu es riche. Tu peux désormais faire tout ce que tu veux. En premier lieu, perpétuer sa mémoire, d'une façon ou d'une autre.

— Dis-moi que tu ne repartiras pas toi non plus, lui demande-t-elle.

— Tu le sais bien, voyons.

Épilogue

Deux ans plus tard

— Non, Kanimu, non !

Dans un effort inutile pour se protéger, Arabella lève les deux bras. Peine perdue. L'éléphanteau dresse sa trompe et asperge joyeusement d'eau le visage de la jeune femme. Trempée, sa chemise blanche lui collant à la peau, Arabella éclate d'un rire sonore, face à Kid émerveillé par ce spectacle, pourtant habituel. Le petit éléphant revenait de loin. Sa mère avait été abattue à coups de machette et de hache par des contrebandiers, le bébé de trois mois se trouvait dans un état pitoyable quand Arabella et Kid étaient tombés sur lui dans la savane, ivre de chagrin et de solitude, mordu par des prédateurs, à moitié mort de faim et de soif, promis aux hyènes et aux lions. Comme au temps glorieux de l'enlèvement de

Tatcha à Cogolin, ils l'avaient embarqué dans un camion avant de prendre soin de lui.

C'est là que l'idée d'un orphelinat pour éléphants avait germé dans leur esprit, un refuge où les petits pourraient grandir en l'absence de leurs mères, mortes de maladie, de la sécheresse, ou assassinées pour leur ivoire. Il avait fallu déménager et ce fut un vrai soulagement. Malgré la présence toujours chaleureuse de Beryl, Kid et Arabella ne supportaient plus l'atmosphère mortifère de la Happy Valley, la mal nommée, maudite par la mort tragique de Jeremy et l'hédonisme dissolu de la colonie anglaise.

Kid avait déniché une vieille ferme entourée d'une brousse épaisse dans le district de Taïta, à un endroit nommé Tsavo, à la frontière de la Tanzanie. Bordé de baobabs, au bout d'une piste blanche poussiéreuse, occupé par des zèbres paresseux, le terrain lui avait paru idéal. Ils avaient embauché deux ouvriers pour construire un enclos pour les animaux.

Ils n'étaient pas trop de quatre : les éléphanteaux devaient boire un biberon toutes les trois heures, jour et nuit. Il fallait aussi les nourrir avec du lait mélangé à de l'huile de noix de coco, nettoyer leur derrière, s'occuper de leurs pieds et de leurs ventres fragiles, rentrer les foins, soulever les seaux d'eau, organiser le potager. Exténués mais ravis, Arabella et Kid s'attelaient à cette tâche avec la foi des nouveaux parents.

Bientôt, on leur signala un deuxième éléphant en détresse, puis un troisième, criblé d'épines d'acacia et laissé pour mort par son troupeau. Le Sunflower Elephant Sanctuary était né. S'occuper des bêtes les avait encore plus rapprochés. Le labeur harassant, palpitant, au contact de vies frémissantes, innocentes, repoussait la peine qui les poignait. Leur solitude s'éteignait peu à peu dans l'épreuve partagée. Ce projet leur insufflait aussi de la force pour incarner l'un des derniers rêves de Jeremy, celui qui lui aurait sans doute tenu le plus à cœur avec le sauvetage de son couple. Cette mission relevait désormais pour eux du sacré.

C'est ainsi que plusieurs petits, au corps encore recouvert de duvet, vinrent partager leur vie. Pendant un moment seulement. Car pour Arabella, il fallait aider ces bébés à grandir, à prendre de l'assurance, à acquérir autonomie et indépendance. Le principe du sanctuaire consistait à les relâcher dans la nature, où ils réintégreraient un troupeau pacifique avec des femelles prêtes à les accueillir. L'objectif était de leur rendre la liberté pour laquelle ils étaient sur terre. Quand ils quittaient le sanctuaire, on assistait au plus merveilleux des spectacles : barrissements et trompes dressées attendaient le nouveau venu, qui s'éloignait, après un dernier regard vers les hommes qui l'avaient mené jusqu'ici. Quand Kid et Arabella les croisaient parfois dans la savane, il semblait exister un lien, une connivence particulière entre eux. Après tout, les éléphants n'oubliaient rien. Les humains non plus. Arabella et Kid gardaient précieusement Jeremy dans leur cœur. Mais depuis l'an dernier, leur relation avait évolué. Si vous leur posiez la question, ils se souviendraient du moment exact où tout avait basculé.

Un jour qu'ils plantaient des légumes dans le potager, leurs mains s'étaient frôlées, trouvées, pour ne plus se lâcher. Un barrissement venu de la *boma*[1] sembla bénir leur union. Mais bien entendu, ce lien avait des racines profondes. Kid avait toujours vécu dans l'amour d'Arabella, sans oser se l'avouer. Elle, pour la première fois, l'avait regardé autrement après le deuil, en se souvenant de toutes ces années à Paris, de sa présence lumineuse et simple, de ces attentions quotidiennes qui trahissaient ses sentiments et son désir.

Sous le soleil, leur amour avait grandi, avec générosité et certitude. Jeremy n'était pas oublié, il vivait à travers eux, avec eux. Sur cette terre d'Afrique, ils continuaient leur voyage. Heureux comme les hommes peuvent l'être quand ils évoluent en compagnie d'animaux libres. Les éléphants, ces monstres d'humanité, leur montraient le chemin.

1. *Boma* : enceinte entourée de palissades pour parquer les animaux.

Note de l'auteure

Ce livre est un texte de fiction. Mais en 1916, dans la petite ville d'Erwin, Tennessee, une éléphante nommée Mary a bien été pendue. La photo du supplice a été le point de départ de cette histoire, comme la découverte des *Harlem Hellfighters.* Ces valeureux soldats noirs américains ont combattu de manière acharnée en 1918 dans l'Argonne et ont fait découvrir le jazz à la France. Je recommande le livre de mon ami l'historien Jean-Michel Steg *La Fayette, nous voici !* (éd. Fayard) qui raconte la bataille de Bois Belleau à laquelle Jeremy participe comme reporter.

Jim Europe, le « Jazz Lieutenant » qui apparaît dans le livre, est un formidable personnage historique, tout comme les sœurs Cromwell, les infirmières avec lesquelles Arabella sympathise. À eux seuls, ces trois-là mériteraient un livre ! Floyd Gibbons, le courageux journaliste, a existé également. Il fut une source d'inspiration pour des générations de reporters à travers le monde. Je suis fière de lui rendre hommage ici.

L'idée d'un trio de personnages liés par la guerre, l'amour et l'amitié a germé en moi.

Pour la vie des expatriés britanniques au Kenya, dans la Happy Valley, je me suis inspirée du livre d'Evelyn Waugh *Remote People* (éd. Penguin), et du film *White Mischief*, de Michael Radford, sorti en 1987.

Beryl Markham, première femme pilote à avoir traversé l'Atlantique en vingt et une heures, est une héroïne réelle fascinante. Elle raconte ses aventures africaines dans le livre *Vers l'Ouest avec la nuit* (éd. Phébus Libretto).

J'ai aussi beaucoup lu sur les éléphants, qui sont évidemment mes animaux favoris. J'ai eu la chance de les observer de nombreuses fois en liberté. Je recommande particulièrement :

Quand les éléphants pleurent, de Jeffrey Moussaieff Masson (éd. Albin Michel) ;

L'Homme qui murmurait à l'oreille des éléphants, de Lawrence Anthony (éd. Guy Trédaniel) ;

Les Éléphants et nous, d'Oria et Iain Douglas-Hamilton (éd. Stock).

Aujourd'hui, un éléphant est victime du braconnage tous les quarts d'heure dans le monde. Mobilisons-nous contre la barbarie, faisons nôtres les mots de Romain Gary, cet amoureux des bêtes :

« Je sens profondément que le sort de l'homme et sa dignité sont en jeu, chaque fois que nos splendeurs naturelles, océans, forêts, ou éléphants, sont menacées de destruction. »

DE LA MÊME AUTRICE

AUX ÉDITIONS CHARLESTON

Entre 1939 et 1967, de Paris à Toulouse et de New York à Tel Aviv, l'extraordinaire destin de deux êtres fracassés par la guerre.

Rien ne prédestinait Simon et Léna à se rencontrer. Lui appartient à la bourgeoisie juive parisienne, patriote, laïque et assimilée ; il a été maquisard et blessé au combat. Elle est issue d'un milieu de petits commerçants polonais et a réussi à survivre au ghetto de Varsovie.

En 1945, la guerre leur a tout pris. Chacun de leur côté, ils vont accepter une mission très particulière : rechercher des enfants juifs cachés par leurs parents dans des familles, des orphelinats ou des couvents, quand il s'avère que ceux-ci ne rentreront pas des camps.

C'est l'histoire de deux jeunes révoltés qui, dans une France exsangue, vont se reconstruire grâce à la force de l'amour.

« Poignant. » *Psychologies Magazine*

« Un roman d'aventure – et d'amour ! –, porté par le souffle de l'Histoire. (...) À lire. Absolument. » *Femme Actuelle*

368 pages
8,50 €

Lorsqu'elle apprend l'accident qui a coûté la vie à sa mère, une jeune femme voit son monde exploser. Tout se délite et s'obscurcit dans le ciel de sa mémoire. L'onde de choc atteint ses enfants et son mari. Pour enrayer cette chute libre, il lui faut partir vers Le Chambon-sur-Lignon, ce village qui fut héroïque pendant la Seconde Guerre mondiale, tenter de se retrouver loin de chez elle pour sauver les siens.

Récit d'un crash intime, d'une fugue maternelle sur les traces d'un silence familial, *Sans oublier* raconte comment, pour devenir mère, il faut d'abord cesser d'être une fille.

« *Sans oublier* est un beau livre, de ceux qu'on n'oublie pas. » *Le Parisien*

« Une rage de vivre incroyable. Captivant et émouvant. » *L'Obs*

300 pages
7,50 €

Pauline, six ans, et sa petite soeur Clémence coulent des jours heureux sur l'île qui les a vues naître, la Réunion. Un matin de 1963, elles sont kidnappées au bord de la route et embarquées de force dans un avion pour la métropole, à neuf mille kilomètres de leurs parents. À Guéret, dans la Creuse, elles sont séparées.

1998 : quelques phrases à la radio rouvrent de vieilles blessures. Frappée par le silence dans lequel est murée sa mère, Caroline, jeune journaliste, décide d'enquêter et s'envole pour la Réunion, où elle découvre peu à peu les détails d'un mensonge d'État.

À travers l'évocation de l'enlèvement méconnu d'au moins deux mille enfants réunionnais entre 1963 et 1982, dans le but de repeupler des départements sinistrés de la métropole, Ariane Bois raconte le destin de deux générations de femmes victimes de l'arbitraire et du secret.

L'histoire d'une quête des origines et d'une résilience, portée par un grand souffle romanesque.

224 pages
7,50 €

Shawn Pepperdine a 19 ans et d'autres ambitions que finir en prison, comme la plupart des jeunes de son entourage. Mais Harlem n'est pas Manhattan et quand il assiste, une nuit, au meurtre de son meilleur ami rattrapé par ses trafics douteux, il n'a d'autre choix que fuir. C'est dans les sous-sols du Dakota Building, l'immeuble le plus mythique de Manhattan, où cohabitent stars et anonymes fortunés, qu'il trouve refuge.

Tandis que les jours passent et que les années 1970 font leur révolution dans les rues de Manhattan, Shawn devient portier du célèbre immeuble, aux premières loges pour assister à la naissance d'un nouveau monde.

Derrière les murs qui la protègent, l'élite new-yorkaise sera-t-elle épargnée par la violence de l'époque ?

« Ce roman ressuscite l'euphorie pop des seventies… »
Le Magazine littéraire

432 pages
8,50 €

Cet ouvrage est composé de matériaux issus de forêts gérées durablement certifiées PEFC™.
Le Programme de reconnaissance des certifications forestières (PEFC™) est le plus grand organisme mondial indépendant de contrôle pour une gestion durable des forêts. Pour en savoir plus, consultez le site www.pefc-france.org

PEFC PEFC/14-38-00277

Achevé d'imprimer en novembre 2021
par Novoprint
Dépôt légal : janvier 2022
Imprimé en Slovaquie